蓬头安妮
奇遇记

〔美〕约翰尼 · 格鲁埃尔◎著
杜 砚 杨 帆◎译

中国出版集团 现代出版社

图书在版编目（CIP）数据

蓬头安妮奇遇记 /（美）约翰尼·格鲁埃尔著；
杜砚，杨帆译 . —— 北京：现代出版社，2017.10

ISBN 978-7-5143-6510-8

Ⅰ . ①蓬… Ⅱ . ①约… ②杜… ③杨… Ⅲ . ①童话—
美国—现代 Ⅳ . ① I712.88

中国版本图书馆 CIP 数据核字 (2017) 第 239581 号

蓬头安妮奇遇记

作 者：[美] 约翰尼·格鲁埃尔 著
译 者：杜 砚 杨 帆
责任编辑：张 霆 王志标
出版发行：现代出版社
地 址：北京市安定门外安华里 504 号
邮政编码：100011
电 话：010-64267325 64245264（传真）
网 址：www.1980xd.com
电子邮箱：xiandai@vip.sina.com
印 刷：三河市宏盛印务有限公司

开 本：890mm×1240mm 1/32 印 张：3.5
版 次：2018 年 1 月第 1 版 印 次：2018 年 1 月第 1 次印刷
字 数：53 千字 书 号：ISBN 978-7-5143-6510-8
定 价：22.00 元

译者序

今年暑假，我在译言网上看到了《蓬头安妮奇遇记》这部小说招募译者的启事，便好奇地点进去看了一下，不料却一发而不可收拾，一口气把整部小说读完了。书中的几个情节，使我不禁回想起小时候与布娃娃嬉戏的日子，脑海中不时浮现出蓬头安妮那宽厚的微笑，闪亮的鞋纽扣小眼睛，还有她那蓬乱的纱线头发。于是我决定要试试翻译这本书，把蓬头安妮介绍给中国的小读者。

在我的印象中，中国的小读者读到的外国经典儿童文学作品中，不仅有《格林童话》《一千零一夜》和《安徒生童话》之类充满奇幻色彩的故事，也不乏像《伊索寓言》《柳

林风声》这类简单质朴却富有哲理的动物故事。近年来，《夏洛特的网》《绿山墙的安妮》《水孩子》等描写孩子们日常生活的儿童文学作品也得到许多小朋友的青睐。正如其他的儿童文学作品，《蓬头安妮奇遇记》不论是故事情节还是书中角色都洋溢着天真烂漫的童趣，给人以真、善、美的感觉。然而，我能如此坚持选择把这本书翻译出来，并不仅仅因为它是一部优秀的儿童文学作品，更重要的是我被贯穿在这本书中那股平凡而感人的力量深深地打动了。

这股平凡而感人的力量，首先源自于本书的主人公——蓬头安妮。她有着可爱的圆脸蛋，卷卷的纱线头发，缀满小碎花的旧布裙子和一副惹人喜爱的笑容；她蓬头垢面，衣衫褴褛，四肢扭成一团，平凡到几乎微不足道，如同那些大大小小被人们遗忘在沾满灰尘的柜子角落的布娃娃。但是，翻开这本书你或许会发现，这样平凡的娃娃却有着一颗像糖果般甜蜜的爱心。她的善良和真诚体现在最平常的生活细节中，她的言谈举止，无不散发着她对小主人玛赛拉、小伙伴甚至非常弱小的动物那种发自内心的关爱。其次，这股平凡与感人的力量，还来自于主人公宽容的心态和对生活的感恩之心。无论遭遇什么，蓬头安妮总是咧开嘴微笑，似乎她所有的快乐都被浓缩在那张用红色画笔勾勒出的宛如弯月的笑嘴，而再大的误解、怨恨和不如意，瞬间都被那她快乐的天性抹去了。

然而，最能触动读者心灵的莫过于书中字里行间流露出的爱。冰心老人在创作文学作品时，不断提倡"爱的哲学"，她曾说过："有爱就有一切。"这本书中，作者通过几个简单平凡的小故事，体现了玛赛拉一家人、动物和布娃娃之间的彼此尊重和友爱，即便是对我们平常所憎恨的老鼠也不例外，从而构建了一个充满幸福和谐的童话世界。恰恰由于这种平凡和简单，使得发生在这个童话世界的故事变得如此的真实和令人向往。我想，这本书无疑能教育孩子们学会尊重和爱护别人以及平等地对待比自己更弱小的动物。这些都有助于他们的身心得到健康发展。有时我甚至想，好的儿童文学作品不仅适合孩子，也同样适合成人。《蓬头安妮奇遇记》不仅给孩子们带来欢乐，也能帮助身为父母者走进孩子们的世界，更好地了解他们，呵护他们，为他们撑起一片爱的天空，让孩子们在一个充满快乐和爱的乐园中成长。

老实说，翻译这本书并不简单。原作者约翰尼·格鲁

埃尔语言平实质朴，却透着一股天然的童趣，作为译者，必须能完美地将这种语言特色展现出来。于是，我与另一位译者在翻译的时候，也试图在保持原文语言风格的基础上，让文字更有趣，更活泼。纵然在翻译过程中遇到不少挫折，且译文尚有许多不足之处，但我很快乐，很满足，因为我知道我在做一件特别有意义的事。不论你是孩子还是成人，希望这本书能够带给你最美好的阅读体验。

最后，我想把这本书献给我亲爱的爸爸妈妈。我想谢谢他们，一直支持我翻译这本书，不厌其烦地给我提出修改意见。而我更想谢谢他们，用他们宽大的肩膀为我撑起了一个美好纯真的世界，让我时时刻刻能够像蓬头安妮一样，感受到这个世界最平凡而深刻的爱与温暖。

杜　砚

于武汉桂子山

写这个故事的时候，我面前一直摆放着一个旧布娃娃。她斜靠在桌面的电话机上——她就是我亲爱的蓬头安妮，我母亲小时候玩过的布娃娃。

此刻，她静静地坐在那里，微微耷拉着脑袋，身上的关节处略微有些松动。她用坦率而真诚的目光盯着我，鞋纽扣做成的双眼在灯光的照射下闪闪发亮。

很显然，蓬头安妮刚参加完一场茶会，你瞧她

的小脸蛋还沾满了巧克力呢。她始终开心地微笑着。

　　事实上她曾经被老鼠啃过，它们甚至还在她体内柔软的棉花中安家。但面对这些，蓬头安妮依旧笑得很灿烂，因为她的笑容是被画上去的。

　　哦，蓬头娃娃，你一定经历了许多美妙的奇遇吧！你给这个世界带来了多少幸福和快乐啊！不管人们怎么对待你，你都能心平气和地接受！倘若你可以开口说话，以你沉淀了五十九年的生活智慧，一定能教会我们许多关于善良和坚毅的道理。难怪人们最喜爱旧布娃娃了！因为你是如此的亲切、有耐心和惹人喜爱。你越破旧、褴褛、松松垮垮，孩子们就越喜欢你。谁可曾想到在童话世界里到处都有像你这样破旧可爱的布娃娃，她们舒适地躺在孩子们浅浅的臂弯里，依偎在他们幼小的胸膛前，贴近孩子们一颗颗永远充满阳光的心，一起去经历童话世界中所有的奇幻故事。

　　谨以此书献给所有曾经喜爱过旧布娃娃的大人和孩子。

约翰尼·格鲁埃尔

目录

引 子

玛赛拉喜欢到祖母古色古香的老房子上面的阁楼中玩，因为那里有许多废弃的小玩意儿。房子就坐落在远离尘嚣的小乡村。

一天，玛赛拉独自在阁楼里玩一架破旧的纺车。玩乏了，她便蜷缩在一个老式马毛沙发上休息。"远处角落的桶里装着什么呢？"她一边想着，一边从沙发上跳起来，爬过两个布满灰尘的大箱子，走到了靠在屋檐下方的一个废

弃木桶边。

　　那个地方有些暗，所以玛赛拉把自己从桶里找到的一大包东西拖到天窗下，好看得更清楚些。她发现了一顶滑稽可爱的女帽，有着白色缎带的那一种，便把它戴在头上。接着她在一个破旧的皮包里找到了一些旧照片，照片里的男男女女穿着老式服装，看起来有些古怪。她还看到了一张小女孩的照片，照片中的小女孩长得十分漂亮，长长的鬈发从额头向后扎紧。她身穿连衣裙和一条长至鞋尖、看起来有点怪异的女式灯笼裤。后来，玛赛拉又从一堆杂物中扯出一个破旧的布娃娃，娃娃脸上只有一只用鞋纽扣做成的眼睛，一个画上去的鼻子和一张微笑的小嘴。她身上的裙子布料柔软，蓝蓝的底色，缀满了漂亮的小点小花。

　　此刻，玛赛拉兴奋得把一切都抛到了九霄云外，抱住

娃娃就往楼下跑，迫不及待地想让祖母瞧瞧自己的发现。

"啊！你在哪儿找到她的？"祖母看到玛赛拉手中的布娃娃，惊讶地问。"这是蓬头娃娃安妮啊！"她把娃娃紧紧贴在胸口，有些激动地说，"我都把她忘了，她被搁在阁楼里估计有五十个年头了！哎哟，亲爱的蓬头娃娃！我马上就把你的另一只眼睛缝上去！"说完，祖母走到缝纫机前，打开抽屉拿出了针线。

玛赛拉一边看着祖母缝，一边饶有兴趣地听她讲述自己小时候和蓬头安妮一起度过的美好时光。

"好啦！"祖母笑着说，"蓬头安妮，你现在有一双漂亮的鞋扣眼睛，有了它们，你就可以看到你被关在阁楼里这么多年间这个世界的变化了！而且现在你有一个新的玩伴、小主人。我希望你们能像我们当年一样快快乐乐地一起玩耍！"

说着祖母把蓬头安妮递给玛赛拉，郑重地说："玛赛拉，请让我向你介绍我亲密的朋友，蓬头安妮。安妮，这是我的孙女，玛赛拉！"祖母用手指拽了拽娃娃，旧布娃娃向玛赛拉点了点头。

"哦，奶奶，太谢谢，太谢谢您了！"玛赛拉兴奋地扑

上前抱着祖母亲了一下，"蓬头安妮和我一定会玩得十分开心的！"

蓬头安妮就这样加入了玛赛拉家中的娃娃家庭。在那里，她即将经历许多美妙的奇遇。

蓬头安妮学到宝贵一课

一天，小主人把布娃娃们独自留在家里。

临走时，她把娃娃们放置在房间的四周，并叮嘱他们，在她不在的时候要乖乖地待在房间里。

于是在小主人离开房间之前，娃娃们一个个原地端坐着，连一根手指头也没动一下。

可是小主人刚走开，小锡兵娃娃就转过头，一本正经地朝蓬头娃娃眨了眨眼。

一听到前门嘎吱一声关上，娃娃

们便知道家里只剩下他们了，一下子连滚带爬地站起身来。

小锡兵兴奋地喊道："现在，让我们尽情地玩耍吧！咱们一块去找吃的吧！"

娃娃们齐声叫好："哇，太好了！我们一块去找东西吃。"

等大家安静下来后，蓬头安妮悄悄地对他们说："今天一早，小主人带着我一起去玩耍，当我们路过屋后附近的一扇门时，我好像闻到了什么，味道似乎还不错呢！"

"那你来带路吧！"法国娃娃已经等不及了。

"我提议让蓬头安妮带领大伙儿一块去探险！"印第安娃娃举起一只手说。

其他娃娃一听，一起举双手欢呼："耶！蓬头安妮就是我们的头儿啦。"

看到大家这样信任和拥戴自己，蓬头安妮感到十分自豪，便欣然答应了。

"跟我来吧！"她一边喊着，一边迈开摇摇晃晃的两条腿儿，轻快地走出房间。

其他娃娃跟着蓬头安妮，在屋子里四处乱窜，直到他们来到了食品储藏室门口，才停下了脚步。"就是这儿！"蓬头安妮大声招呼娃娃们过来。果然，他们闻到了一阵香味从门缝里飘出来，看来里面一定有好吃的。

可惜娃娃们谁也够不着储藏室门上的门闩，无论他们怎样用力推拉，依旧打不开那扇门。

娃娃们挤在门口，七嘴八舌地嚷嚷着，不停地推拉着门。混乱中，有些娃娃跌得四脚朝天，几个娃娃甚至压在蓬头安妮身上。后来，蓬头安妮十分艰难地从一堆压在她身上的娃娃中爬出来，独自坐在不远处的草地上。

娃娃们发现蓬头安妮一个人坐在那儿，一只破布做的小手不停地揉着那纱线编成的头发，便知道此刻她正在思考问题。

"嘘，安静！"娃娃们互相提醒着，悄悄地走近蓬头安妮，在她的面前坐下来。

"一定有办法进去！"蓬头安妮喃喃自语道。

娃娃们相互转告道："蓬头安妮说一定有办法进去！"

"我感觉自己今天很难清醒地思考问题，"蓬头安妮用手挠挠自己的头发，"好像我的头破了一个

洞似的。"

法国娃娃一听，立刻跑到蓬头安妮跟前，摘下了她的帽子。"没错，蓬头安妮，你的头上确实裂了个缝！"说完，她从裙子上取下 根针，别住了蓬头安妮头上的裂缝，"我没有弄好，头上的布有些起皱了。"

"没关系，现在我感觉好多了！"蓬头安妮摸摸自己的头，"我终于又可以清楚地思考问题了！"

"蓬头安妮可以认真思考问题了！"娃娃们高兴得跳了起来。

"我之前的想法想必是从那条裂缝里漏出去了！"蓬头安妮指着自己的头说。

"是的，亲爱的蓬头安妮，你的想法一定是从那里漏出去的！"娃娃们不停地点头。

"现在我可以好好想想办法了。我觉得那扇门一定是被锁起来了，所以如果我们想进去，就得先把门锁打开！"蓬头安妮十分肯定地说。

"那还不容易！"那个每次被人碰倒时总喜欢叫"妈妈呀"的荷兰娃娃说，"我们只需要一个勇敢的铁皮士兵，让他用枪把门上的锁轰开就行了！"

"这对我来说这不是什么难事！"小锡兵说着举起了枪。

法国娃娃看到后急忙朝蓬头娃娃喊道："哦，蓬头安妮！你可千万别让他开枪啊！"

蓬头安妮点点头说："对！我们得想个文明点的办法！"

她仔细想了一会儿，突然有了眉目，她从地上一跃而起道："我想到了！"然后抓起跳娃娃杰克，把他举到门边。杰克把门闩的插销往上一拉，门锁一下子打开了。

于是娃娃们一起用力把门推开。

娃娃们为了第一个尝到美食，争先恐后地挤进门，你推我，我推你，互相踩踏。天啊，场面顿时一片混乱！他们一窝蜂爬上储藏室的柜子，匆忙中不知道谁打破了一瓶奶油，白花花的液体全都洒在法国娃娃的裙子上。印第安娃娃找到了几片玉米面包，她把面包浸在糖蜜里，躲到一边慢慢享受一顿美餐。几个娃娃发现一瓶倾倒的野草莓果酱，立刻扑上去，一直吃到满脸都被果酱涂成紫色才罢休。小锡兵为了得到食物，已经连续三次从架子上摔下来，

就连铁皮做成的小腿都被摔弯了，但他却毫不气馁，又从地上挣扎起来，重新颤颤巍巍地爬了上去。

娃娃们从来没有玩得这么开心过。当他们听到前门打开的声响时，已经一个个吃得肚子圆滚滚的了。

慌乱中他们来不及从架子上爬下来，而是直接滚落到地上，然后跌跌撞撞地奔回房间里，身后留下了一串串面包屑和果酱的痕迹。

小主人一走进房间，就看到娃娃们一个个东倒西歪，散乱地坐在各处。

"咦，奇怪了？"小主人有些迷惑不解地想道，"我离开时他们不是好端端地坐在各自的位置上吗，莫非是菲多把他们弄乱了？"这时她发现地上的蓬头安妮，就把她捡起来，惊呼道："哎呀，蓬头安妮，你身上怎么黏糊糊的呢！我敢说你全身上下都沾满了果酱！"她舔了一下蓬头安妮的手，"嗯，确实是果酱！蓬头安妮，太不像话了，连你也跟着其他娃娃们一起溜进储藏室里偷吃东西！"一气之下，小主人扔下蓬头安妮，转身离开了房间。

不一会儿，小主人回来了，只见她穿着小围裙，两边的袖子挽得高高的。她捡起浑身黏糊糊的娃娃们，把他们放进一个小篮子里，带到花园里的苹果树下。

接着，小主人放好水桶和绞干机，把娃娃们浸泡在肥皂水里，挨个用刷子刷洗，直到他们一个个干干净净了才停下。

最后，她把娃娃们挂在晾衣绳上，让阳光把他们晒干。

娃娃们就这样在晾衣绳上挂了一整天，微风轻拂过晾衣绳，把他们吹得左右摇曳，旋转个不停。

"主人刚才一定非常用力地刷了我的脸，你瞧，我的微笑都被擦掉了！"经过一个小时的沉默，蓬头安妮说道。

"不，你的微笑还在脸上呢！"一阵风把小锡兵吹得整个身子扭了过

来，正好看到蓬头安妮的脸，"但我肯定今后我的手臂不能再自如地活动了，我感觉它们已经生锈了。"

这时，一阵大风刮过来，吹得荷兰娃娃的身子不停地转动。突然间，晾衣服的夹子松了，荷兰娃娃一头从绳子上栽了下来，"砰"的一声落在草地上。只见他一翻身，尖着嗓子叫了声："我的妈呀！"

傍晚，小主人拉开花园的后门走了进来，手里还抱着桌子和椅子。摆好餐具之后，她把娃娃们从绳子上拿下来，让他们围着桌子坐好。

小主人为娃娃们准备了美味的柠檬汁，加了葡萄冻的果汁儿泛着美丽的淡紫色，还有洒着糖粉的小可爱饼干。吃完了美味的晚餐后，小主人把他们带回房间，替他们梳头，穿

上了干净的睡衣。

随后小主人把娃娃们放在床上躺好，亲了亲娃娃们并和他们挨个道了晚安，便轻手轻脚地离开了房间。

娃娃们一声不吭地躺了几分钟后，蓬头安妮用塞满棉花的肘支撑起身子说："我认真地想了想。"

"嘘——"其他娃娃压低声音说，"蓬头安妮有话要说。"

"对！"蓬头安妮继续说道，"我把今天发生的事好好反思了一下。小主人在树下给我们准备了一顿丰盛的晚餐，目的是希望我们明白，只要乖乖听话，就能吃到我们所有想吃的美味。这次经历也让我们学到了重要的一课，即使是那些小主人一定会应许我们的东西，也不能擅自去拿。所以我们要牢牢记住这次教训，千万不要再做任何让那些爱我们的人伤心的事了！"

"让我们都牢记在心吧！"娃娃们异口同声地回答。

蓬头娃娃欣慰地点点头，重新躺回自己的小床上，鞋纽扣做成的小眼睛闪烁着喜悦的光芒，装满棉花的小脑袋里充满着无限的爱与欢乐。

蓬头安妮的洗涤之旅

"哎呀，迪娜，你怎么能这样！"玛赛拉喊道。

妈妈朝着窗外望去，看见玛赛拉跑到迪娜身边，从她手里夺过一个什么东西，然后把头埋在臂弯里，呜呜咽咽哭了起来。

"亲爱的，发生什么事了？"妈妈从门口走出来，蹲在那个哭得浑身颤抖的小人儿身边，轻轻问道。

玛赛拉只是用手举起了蓬头安妮。妈妈一看，虽然心疼，也忍不住笑了，眼前

的安妮看起来是那么的滑稽可笑！

想起刚才发生的事儿，迪娜委屈地眨了眨她那双大眼睛。她也不明白自己到底做错了什么事。她非常喜爱玛赛拉，看到玛赛拉这么难过，她心里也很不是滋味。

倒是蓬头安妮一点儿也没有感到沮丧。她知道自己现在的模样一定十分狼狈，却还是微笑着脸，只不过笑容的面积比以往任何时候都要大了些。

这件事的来龙去脉蓬头安妮心里最清楚，但却苦于说不出口，只好眨了眨那只幸存的鞋纽扣眼睛。

她还记得，今天一大早玛赛拉来到育婴室为娃娃们更衣的时候就显得有些不高兴。

在给每位娃娃更衣的时候，她还挨个向他们抱怨个不停。那时蓬头安妮想，兴许她半夜从床上面滚下来了，否则怎么会这样生气呢！

轮到蓬头安妮的时候，玛赛拉显得特别不耐烦，因为刚才在给法国娃娃穿衣服的时候，她的手不小心被针扎了一下。

当玛赛拉听到隔壁的小女孩呼唤自己时，随手把蓬头安妮一扔，便跑出了育婴室。

巧的是，蓬头安妮掉到了洗衣篮里，身子被摔成一团。

几分钟后，迪娜抱着一摞脏衣服，穿过门厅走了进来。她把衣服装进篮子里，把蓬头安妮压在了篮子底下。

随后迪娜提着篮子走到屋后她平日洗衣服的地方。

迪娜把所有的衣服倒进一个大锅里，往锅里装满了水，然后放在炉子上煮。

当水开始变热时，蓬头安妮左右扭动着身子从衣服堆里爬出来，挣扎到锅顶部焦虑地往外张望，无奈锅里水汽太多了，她什么也看不见。而在外头的迪娜也因为蒸汽的缘故没有瞧见蓬头安妮。

迪娜用一把破旧的扫帚柄不停地搅拌锅里的衣服，直到所有的衣服都被煮沸了才停下来。蓬头安妮夹在那堆衣服里，顿时被搅得晕头转向。

当迪娜一件一件地把衣服从锅里拿出来搓洗的时候，终于发现了蓬头安妮。

迪娜感到十分诧异，还以

为玛赛拉把蓬头安妮放进洗衣篮里是想给她好好洗个澡。于是她把蓬头安妮浸在肥皂水里一段时间后，把她拿出来放在粗糙的搓衣板上，从头到脚刷洗了一遍。

这一刷，把蓬头安妮裙子背后的两个扣子刷掉了，而且当迪娜最后一次刷洗她的脸蛋时，一只鞋扣眼睛也被扯掉了。

最后，迪娜抓着蓬头安妮的双脚把她塞进甩干机里甩干。把蓬头安妮放进甩干机里可不是一件轻松的活。幸亏迪娜的力气不小，最后还是成功啦！从甩干机里出来的时候，蓬头安妮几乎被压成和薄煎饼一样扁了。

就在那时，玛赛拉回来了，她一眼就看到了被蹂躏得不成样的蓬头安妮。

"哎呀，迪娜，你怎么能这样！"玛赛拉大声哭喊着，一把从迪娜手中抢过蓬头安妮，而迪娜则不知所措地站在那里。

了解了事情的经过后，妈妈轻轻

拍了拍玛赛拉的手，不停地哄她，安慰她，玛赛拉这才停止了哭泣。

迪娜解释说，她把衣服从锅里拿出来的那一刻才发现蓬头安妮一直和那堆脏衣服混在一起。听到这话，玛赛拉又哭了出来。

"呜呜……妈妈，都是我的错！"她不停地哽咽着说，"我现在想起来了，我离开房间的时候把亲爱的蓬头安妮扔到地上，她一定是掉到了洗衣篮里了！可怜的安妮！"玛赛拉一边说着，一边紧紧搂住蓬头安妮。

看到玛赛拉如此自责的样子，妈妈就没有责怪她调皮不懂事，乱发脾气了。她知道此刻玛赛拉一定很难过，所以抱着她说："你瞧瞧蓬头安妮，她似乎并没有因此而不开心呢！"

玛赛拉擦干眼泪，看着扁得像一张薄饼似的却依然挂着灿烂微笑的蓬头安妮，也忍不住笑了起来。看到蓬头安妮比平日还要宽大两倍的笑容，妈妈和迪娜也被逗乐了。

这时，迪娜建议："让我把蓬头安妮挂在晾衣绳上晒半个小时的太阳吧。她从绳子上拿下来的时候，一定会焕然一新的！"

于是，蓬头安妮被夹在了晾衣绳上。外面天气晴朗，阳光明媚，她在微风中摇曳，旋转，静静聆听着附近一棵树上知更鸟婉转的歌声。

每隔一段时间，迪娜就会走到蓬头安妮身边，拍拍她，揉揉她，直到她身体里面的棉花变得又软又干又蓬松，小脑袋儿和四肢恢复成以前圆滚滚的样子。

随后她把蓬头安妮带到屋子里，让玛赛拉和妈妈瞧瞧现在的她是如何的清爽可人。

玛赛拉把蓬头安妮带回育婴室，将事情的经过一五一十地告诉了娃娃们，并诚恳地向他们道歉，说自己不该在替他们换衣服的时候发脾气。娃娃们一句话也没说，静静地看着坐在小红摇椅上紧紧抱着蓬头安妮的小主人，一双双眼睛洋溢着温馨的爱。

　　蓬头安妮抬起头，用那只小小的鞋纽扣眼，有些顽皮地看了看小主人，脸上仍旧挂着那个不变的微笑，透着幸福、快乐和浓浓的爱意。

蓬头安妮与风筝的故事

一天，玛赛拉带着蓬头安妮到户外玩耍，刚好碰到一群孩子正准备玩游戏，蓬头安妮就在一旁饶有兴致地看着他们玩。

孩子们把几根细木棍子交叉放在地上，然后用绳子绑紧，并在上面盖上一块轻薄的布。

蓬头安妮听到几个男孩提到了"风筝"二个字，于是便明白这玩意儿就是所谓的风筝了。

紧接着，孩子们在风筝的后面系上一个尾

巴，又把一团笨重的麻线连接到风筝的头部。一切准备妥当后，其中一个男孩举起风筝，另一个男孩则拿着麻线团迈开步子，一边走一边慢慢地放线。

这时正好有一阵风吹过来，握着麻线团的男孩连忙喊道："快把风筝放起来吧！"他一边喊着，一边小跑起来。玛赛拉把蓬头安妮举到头顶，好让她也能看到风筝在天空中飞翔的样子。

瞧，风筝爬得多高啊！大家都仰起头看。不料，风筝爬高后突然变得有些异常。所有的孩子都大声嚷嚷起来，你一言我一语地为那个拿麻线团的男孩"出谋献策"。可是，风筝依旧不停地摇摆，最后在空中翻了四五个筋斗，重重地摔落在地上。这时一个男孩大声建议："这个风筝需要多几个尾巴！"随后孩子们开始七嘴八舌地讨论哪里可以找到用作风筝尾巴的破布条。

"我们把蓬头安妮系在风筝的后面吧！"玛赛拉提议，"我相信她一定会喜欢这个'空中之旅'的。"

男孩们一听，都开心地欢呼起来。就这样，蓬头安妮被拴在了风筝的后面。这一回，风筝直接升上了天空，一路平稳地飞翔。拿着线团的男孩不停地放线，而系着蓬头安妮的风筝也越飞越高，越飞越远。蓬头安妮随着风筝飞行，心里别提多开心了！远方的景色尽收眼底！从高空上往下看，孩子们只有一丁点儿大！

突然，一阵大风刮了过来，蓬头安妮本是被绑在风筝上的，现在却被吹了老远，在风筝后面剧烈地上下起伏，左右摇摆。她甚至可以听到渐渐紧绷的麻线在风中瑟瑟发抖，发出嗡嗡的响声。

紧接着，她听到了什么东西被风撕裂的声音，原来是那根拴着自己和风筝的破布条！每一次风吹过，那裂口就开得更大一些。

玛赛拉看着蓬头安妮从田埂上方高高地升起，心想，她是不是真的很享受这次飞行呢，她多么希望自己也能和蓬头安妮一起飞上天空呀！但是，当风筝在空中飞行了五到十分钟后，玛赛拉开始有些焦躁不安了。她心里暗想："放风筝其实挺累人的，还不如在苹果树下开茶会来得好

玩些。"

"请你们现在把风筝放下来好吗？"玛赛拉对放线的男孩央求道，"我想要回我的蓬头安妮了。"

"就让她在空中再飞会儿吧！"男孩回答，"等我们把风筝收下来的时候，会把娃娃带回家还给你的。我们正打算再找来一团麻线，让蓬头安妮飞得更高一些。"

玛赛拉不想把娃娃留在男孩子们这儿，因此只好坐下来，等着他们把风筝收下来。

这时，蓬头安妮已经越飞越远，直到最后变成一个小点。玛赛拉仰头看着，却没看到系着蓬头安妮和风筝的那根破布条眼看就要被风扯断了。

突然，那根破布断了，安妮一下子脱离了风筝。风吹起她的裙子，她就像一只鸟儿在高空中翱翔。

玛赛拉见状，一下子从地上跳起来，惊得说不出话来。

风筝少了蓬头安妮的重量，开始猛烈地摇晃，然后朝地面俯冲下来。

几个男孩看到玛赛拉惊慌失措的样子，赶紧对她说：

"我们去帮你把娃娃捡回来！"他们朝着蓬头安妮落下的地方跑去，玛赛拉和其他女孩也跟着跑了过去。他们跑呀跑，跑了很远，终于在地上发现了风筝的残骸，却不见蓬头安妮。

"她一定是掉到你家的院子里去了！"一个男孩朝玛赛拉说道，"你看，当娃娃掉下来的时候，风筝正好在你家院子的上方。"

玛赛拉一听，心都快碎了。她一回到家就径直走进自己的房间，躺在床上。妈妈知道后，便和那帮孩子一起出去找蓬头安妮，但还是四处找不到她。

傍晚时分，爸爸回家了。他也出去试图寻找蓬头安妮，可依旧没有找到。玛赛拉伤心极了，连晚饭也吃不下，爸爸妈妈怎么劝都没用。晚上，玛赛拉躺在床上不停啜泣着，翻来覆去怎么也睡不着。她今天没去育婴室哄娃娃们睡觉，他们只好独自躺在地上过夜。

过了许久，玛赛拉哭累了，她默默地为蓬头安妮念了一段祷告词，便不知不觉地进入了梦乡。梦中，玛赛拉看到一群仙女来到蓬头安妮身边，把她带到仙境中做客，然后又把蓬头安妮送回家给她。半夜，她在一声尖叫中醒来。妈妈听到喊声后立刻赶到她床边，安慰她说明天一早爸爸就会告知大家，只要有谁捡到了蓬头安妮并将她送回来，就能得到奖赏。

"妈妈，这都是我的错！"玛赛拉伤心地说，"我不该建议他们把亲爱的蓬头安妮拴在风筝的后面！但我相信，仙女们一定会把她送回来的！"

妈妈把玛赛拉搂在怀里，轻声地安抚她，叫她不要担心，尽管她觉得蓬头安妮也许真的再也找不回来了。

想知道在这段时间里蓬头安妮在哪儿吗？

其实，蓬头安妮从风筝上掉下来后，就随着风飘呀飘，落在了玛赛拉家院子里一棵大榆树的枝丫上。只听到"砰"的一声，蓬头安妮四脚朝天地摔在树上，把一对知更鸟夫妻吓了一跳，叽叽叫着飞走了。

不一会儿，他们又飞回到蓬头安妮身边，抱怨她躺在离他们的爱巢太近的地方了。但蓬头安妮无法移动身子，只能冲着他们微笑。

这对鸟儿叽叽喳喳地抱怨了一阵后，终于慢慢地安静下来。接着，鸟妈妈跳上前挨近蓬头安妮，以便能仔细地观察她。

观察片刻，她突然大声呼唤鸟爸爸过来："你瞧，这纱线多好，我们可以用它来装修我们的房子！"于是，他们一起凑到蓬头安妮身旁，询问她可不可以给他们一些纱线。蓬头安妮没有回答，只是朝他们微笑，两只鸟儿以为她同意了，便开始拉扯她的头发，直到他们拿到了足够的纱线，把鸟窝装点得又温馨又舒适。

晚上，鸟儿唱起了晚安颂。蓬头安妮继续躺在树上，看着星星出来，闪闪发光，照亮了整个夜空，又在晨曦初露之时渐渐隐去。第二天一大早，鸟儿们又开始拉扯蓬头安妮的头发。经过鸟儿一番拉扯，蓬头安妮卡在树杈之间的身体微微松动了一下，她看到了自己的四肢，还借着初升的太阳看到自己竟然就在自家院子的树上！

这边玛赛拉也起了个大早。还没来得及吃早饭，她就出发去寻找蓬头安妮了。最后玛赛拉自己找到了蓬头安妮。事情的经过是这样的：

鸟妈妈之前经常看到玛赛拉抱着蓬头安妮在院子里开心地玩耍。可是今天看她却闷闷不乐地坐在树下，不知道发生了什么事。于是鸟妈妈安慰她说："开心，开心，开开心心！"鸟爸爸也跟着叫道："快乐，快乐，快快乐乐！"玛赛拉听到鸟儿们的叫声，立刻抬起头在树上寻找鸟儿的身影。突然，她瞥见蓬头安妮就躺在树枝间，正偷偷地望着她呢。

此刻，玛赛拉太高兴了，小心脏扑通扑通欢跳着。"快来看啊，蓬头安妮在这儿！"玛赛拉激动得欢呼雀跃。

爸爸妈妈听到玛赛拉的叫声，立刻从屋子里跑出来，一眼就看到了蓬头安妮躺在树上朝他们微笑。于是爸爸拿起衣架，从阁楼的窗户上探出身子，把蓬头安妮从树上捅了下来。蓬头安妮一下子掉下来，正好落在玛赛拉怀里。

"哦，亲爱的蓬头安妮，我再也不会把你拴在风筝上了！"玛赛拉紧紧地抱住蓬头安妮，柔声地说，"没有你的时候，我感到失落极了，我再也不会让你离开我了！"

随后，蓬头安妮和小主人一起回到屋里用早餐。早餐厅里，小主人怀着欢快的心情，正认真地喂蓬头安妮吃鸡蛋。蓬头安妮的嘴咧得更开了，连笑容都被鸡蛋染成了黄色。爸爸妈妈从门缝里看到这一幕，不禁相视而笑。

蓬头安妮勇救菲多

　　夜深了，娃娃们都躺在床上睡得很熟，只有蓬头安妮还醒着。她躺在床上，鞋纽扣做成的眼睛直勾勾地盯着天花板。她不时抬起手揉揉自己的纱线头发，陷入了阵阵沉思。

　　想了很长一段时间后，安妮用手肘支起身体，自言自语地说："我都想明白了！"

　　话音刚落，其他娃娃互相摇醒对方，纷纷支起身子说道："听好啦！蓬头安妮都想明白了！"

　　小锡兵问："亲爱的蓬头安

妮，快告诉我们你刚才都想了些什么，想必一定是什么好事吧？"

"不是什么好事！"蓬头安妮用手揩去从鞋纽扣眼中流出的一滴泪水，"你们一整天没见到菲多了，对吧？"

法国娃娃回答："从今天一大早就没见到他的踪影。"

"我一直担心这件事！"蓬头安妮说，"要不是我的脑袋里塞满了崭新漂亮的白棉花，我现在一定会被这件事折磨到头疼的！小主人下午带我去客厅的时候就哭哭啼啼的，当时，我听见她妈妈说：'我们会找到他的！他一定会很快回家的！'我现在终于明白他们说的就是菲多！菲多他一定是走丢了！"

小锡兵从床上跳起来，快步走到菲多平日睡的篮子边。锡铁制成的小脚踩在地上，发出一阵咔嗒、咔嗒的声响。"他不在这儿。"小锡兵道。

印第安娃娃接着说："今天中午我坐在窗前，看到了菲多和一只毛发蓬乱的黄狗在草地上嬉耍。我亲眼看到他们从栅栏上的洞里钻了出去！"

"那是普丽西拉家的狗，名叫彼得金斯。"法国娃娃补充道。

"我知道小主人因为菲多的失踪感到非常伤心。"荷兰娃娃似乎想起了什么,"晚餐的时候,我在饭厅里听到小主人的爸爸劝她要好好吃饭,并答应她出去找菲多。我把这件事忘了,直到现在才想起来。"

"除了蓬头安妮,我们都把这件事忘了!"硬币娃娃尖着嗓子喊道,"只有她还一直惦记着这件事啊!"

蓬头安妮显得有些激动,大声说道:"我认为我们应该帮助小主人找回菲多,以此来表达我们对她的爱!"

"蓬头安妮,这真是个好主意!"娃娃们一致表示赞同,"那么,快告诉我们现在该怎么做吧!"

"嗯,首先我们一起去外面的草地上,看看是否可以找到小狗的足迹,以便追踪他们!"蓬头安妮回答。

"对我来说,追踪他们不是什么难事!"印第安娃娃自豪地说,"我们印第安人最擅长循迹追踪啦!"

"那我们就别在这儿聊天浪

费时间了，出发吧！"蓬头娃娃说着，一下子从床上跳了下来，其他娃娃也一个个从床上跳下了，跟在她的后面。

育婴室的窗户是开着的，因此娃娃们互相搀扶着爬上了窗台，然后从窗台上跳下去，正好落在柔软的草地上。虽然娃娃们跌落的姿势千奇百怪，但他们并没有因此而受伤。

在栅栏上的小洞边，印第安娃娃发现了两只小狗的足迹。于是娃娃们排成一路纵队，跟在印第安娃娃的身后。循着足迹，他们来到了彼得金斯家。看到一行身穿白色睡衣的奇怪小人影儿沿着小径朝这边走来，彼得金斯感到十分诧异。

彼得金斯体型庞大，不适合睡在育婴室里，所以他的主人便在葡萄树下给他做了一个舒适的小窝。

彼得金斯一下子就认出了娃娃们，十分客气地说："请进吧！"于是娃娃们鱼贯而

入，在屋里坐下，蓬头安妮则向彼得金斯说明了来意。

"我也正为这件事担心呢！但因为你们的小主人不懂我们的语言，我也没办法告诉她菲多的下落！"他接着说，"我和菲多在公园里嬉戏的时候，一个人高马大的男人朝我们跑过来，手里拿着一根很长的棍子，顶端还吊着一个奇怪的东西。我们朝他汪汪大叫，菲多还以为那个人想和我们一起玩耍，便朝他跑过去。没想到那个可恶的男人竟然用棍子顶端上那玩意儿把菲多捞起来，扔进一个装满小狗的货车里！"

"是捕狗者！"蓬头安妮大声惊呼。

"对！就是他们！"彼得金斯用爪子擦了擦眼睛道，"菲多被抓后，我远远地跟着那辆货车，亲眼看到那个捕狗者为防止狗狗们逃跑，把他们统统关进了一个巨大的铁丝畜栏中！"

"那你一定知道去那里的路吧？"蓬头安妮问道。

"当然，我很快就可以找到那个地方。"彼得金斯拍了拍胸脯。

"那就快带路吧，我们得尽快救出菲多！"蓬头安妮急忙催促他。

于是，彼得金斯领着大家穿过大街小巷，娃娃们跟在他后面，啪嗒啪嗒的脚步声显得格外整齐。路上，一只别人家的小狗朝他们跑来，大概是觉得这个队伍有些奇特，也想凑个热闹。彼得金斯叫他别多管闲事，古怪的小狗只好悻悻地走开，回到自己的小院里去了。

最后，他们总算来到了捕狗者的住处。只见铁丝畜栏里，几只狗儿正朝着月亮狂叫不停，其余的则在那儿悲哀地号哭着。

菲多也在里面，他浑身上下都是泥巴，漂亮的红丝带耷拉在地上。看见彼得金斯和娃娃们来了，菲多别提多高兴了！所有的狗狗都挤到畜栏的一侧，左右摇晃着脑袋，惊奇地看着娃娃们古怪的身影。

"我们一定会尽力救你们出去的！"蓬头安妮向他们保证道。

狗狗们一听，都开心地汪汪大叫起来。

接着，蓬头安妮带着彼得金斯和其他娃娃走到了畜栏的门口。

因为门闩太高了，蓬头安妮够不着，彼得金斯就用嘴托着她，然后用后腿站直起身子把她抬高，以便她能够得着门闩。

这时，小狗们已经迫不及待地挤在门口上蹿下跳。门

闩才刚被打开，门就被狗狗们撞开了，一下子把彼得金斯和蓬头安妮撞翻在泥土里。小狗们欢呼着，一窝蜂地从畜栏里涌出来，他们连滚带爬，互相踩踏，嘈杂的叫声惊动了附近的街区。

混乱中，菲多被那些体型较大的狗踩到了土堆里。他奋力从原地爬起来，顺手扶起蓬头安妮。菲多和彼得金斯还有其他娃娃一起跟着那群狗仓皇而逃，才刚转过一个弯，

就看到捕狗者穿着睡衣从房子里冲出来，想看看到底发生了什么事。

当他看到一群身着白色睡衣的娃娃拼命往巷子外跑时，吓得停下了脚步。他实在想不出他们到底是什么东西。

脱离险情后，娃娃们向彼得金斯道了谢，便带着菲多一路奔

跑回家。东方的苍穹渐渐地露出鱼肚白，太阳快要出来了。

回到家，他们从院子里找来了一把旧椅子，费了九牛二虎之力把它拖到窗下，然后一个接一个地站在椅子上爬进了房间。菲多很感激娃娃们对他的帮助，于是在每个娃娃的脸上舔了一下，才回到自己的篮子里。

这时，娃娃们早已困得不行了。他们迅速爬到床上，盖好被子。当娃娃们都昏昏欲睡的时候，蓬头安妮却爬了起来，口中道："还好我的手脚塞满了白白净净的上好棉花，否则我现在一定会感到浑身酸痛。等小主人一早起来看到菲多安然无恙地趴在自己的篮子里，一定会特别高兴的！一想到这，我也开心极了，好像全身都被阳光填满了似的！"

说到这里，娃娃们都进入了甜蜜的梦乡。蓬头安妮也躺了下来，把被子拉到下巴处，一张小嘴儿咧得大大的。她笑得那样开心，连后脑勺的针线都被撑破了。

蓬头安妮与油漆匠

这天是大扫除的日子。小主人的母亲打算把育婴室重新粉刷一遍，然后在墙上贴上新的墙纸。因此，为了方便起见，娃娃们被随意地摆放在柜子的上层架子上。

这天晚上，小主人照例来到育婴室看望娃娃们，原打算安顿他们上床睡觉，妈妈却告诉她明天一早油漆匠要来粉刷墙壁，要她把娃娃们的床铺一个个叠好放在衣柜里，并把娃娃们先安置在柜子的上层架子上。

夜深人静的时候，被压在最底下

的蓬头安妮轻声请求大家移动一下身体。

"我身子里的棉花被压得快跟煎饼一样平了。"蓬头安妮小声嘀咕道。由于娃娃们被杂乱地堆放在架子上，小锡兵的脚踩在了蓬头安妮的脸上。但蓬头安妮的脸还是一如既往地挂着那副微笑。

于是娃娃们开始相互往两边挤，直到蓬头安妮可以坐起身子来为止。

"啊，这样好多了！"蓬头安妮舒展手脚活动一下筋骨，然后拍拍皱得不成形的裙子说，"嗯，我现在特别期待明天，我知道小主人一定会带我们去院子里的大树下玩耍！"

娃娃们就这样坐着聊天，不知不觉天已经亮了，油漆匠们也来到房间里准备开始工作了。

其中一个油漆匠是位年轻的小伙子，他看到架子上的娃娃们，就顺手提起蓬头安妮，把她从架子上拿了下来。

"吉姆，你瞧这个破烂娃娃，"他拿着蓬头安妮对年纪稍大的油漆匠说，"她真是个漂亮的姑娘！"说着牵起蓬头安妮的手和她跳起舞来，嘴里还哼着一首欢快的曲子。蓬头安妮跟着他的旋律手舞足蹈起来，脚跟碰到地面时，发出"嘭嗒嗒、嘭嗒嗒"的声音，她觉得好玩极了。

其他娃娃坐在架子上，一个个都看呆了，心里面暗暗祷告千万不能让一个成年男子知道娃娃们也是有生命的！

"我劝你还是把她放回架子上吧！"吉姆说，"小姑娘要是知道了一定跟你没完。我敢说她在这么多娃娃当中，最喜欢的就是这个破布娃娃了。"

但是那个年轻的油漆匠似乎没听见吉姆的话，他把蓬头安妮扭来扭去，摆出各种古怪的动作。看到蓬头安妮笨拙地转着圈子，小油漆匠不禁哈哈大笑起来。最后，他把蓬头安妮抛到空中，然后用手接住。蓬头安妮玩得很开心，始终咧着嘴微笑着。当她被抛向空中经过层架时，小伙伴们都高兴地冲着她微笑，因为只要蓬头安妮开心，他们就很快乐。

小伙子就这样不停地把蓬头安妮抛着玩，不料最后一次没接住她，只听见"扑通"一声，蓬头安妮一头栽进了装满油漆的桶里。

吉姆见状，埋怨他说："我

早警告过你了，瞧你现在惹麻烦了吧！"

"天哪，我不是故意的！"年轻小伙子有点不知所措，"我该怎么办呢？"

"你最好还是把娃娃放回架子上吧！"吉姆回答。

年轻小伙子连忙把蓬头安妮放回层架上，只见油漆不断地顺着她的头发流下来，滴在裙子上。

吃完早餐后，小主人来到育婴室，当她看到蓬头安妮全身沾满了油漆的样子，忍不住哇地一声哭了出来。

年轻的油漆匠感到十分内疚，于是把事情的经过原原本本地告诉了她。

最后他对小主人说："如果你不介意，我会把娃娃带回家洗干净，后天再把她带回来还给你。"

傍晚，油漆匠果真把蓬头安妮包在一层报纸里，带回家去了。

那天晚上，由于蓬头安妮不在身边，娃娃们都感到有些失落。

"可怜的蓬头安

妮！看见她浑身沾满油漆的模样，我伤心得都快要哭出来了！"法国娃娃首先打破沉默。

"她现在的样子一点也不像我们亲爱的蓬头安妮！"小锡兵用手擦了擦眼眶里的泪水，以防它们流到手臂上，把手臂弄生锈了。

印第安娃娃叹了一口气说："油漆盖住了安妮可爱的笑容和鼻子，你甚至看不到平日从她鞋纽扣眼中流露出来的快乐神情。"

接连两个晚上，娃娃们都在不停地议论着蓬头安妮，可是白天当油漆匠们在场的时候，他们却一句话也不说。

第二天蓬头安妮被送来了。所有的娃娃都迫切希望晚上快些到来，以便能见到蓬头安妮并和她谈话。忙了一天，油漆匠们终于离开了，屋子又恢复了平静。小主人也来到育婴室，把蓬头安妮和其他娃娃放在一起。

"快告诉我们发生了什么事吧，亲爱的蓬头安妮！"娃娃们一副迫不及待的样子。

"哦，我真的很庆幸我掉进了油漆桶里！"蓬头安妮挨个儿和每个娃娃拥抱后说，"这段时间我玩得开心极了！那个油漆匠把我带回家，告诉他妈妈我不小心被油漆弄脏了。

他妈妈是个长相十分
甜美的女人，看到
我这个样子觉得很心
疼，便拿起一块布擦
拭我的鞋纽扣眼睛，
随后又拿来一些干净
的布把我脸上的大部
分油漆都擦干净了。"

"但是你知道，那些油漆已经渗透进了我的脑袋，把里
面的棉花弄得黏糊糊、湿漉漉的，害得我头脑一片混乱，
并且我的纱线头发也乱糟糟地缠结在一起。"

"于是，好心的女士取下我的头发，把我头顶上的针线
剪开，然后将那些沾了油漆的棉花拿出来。刚开始我感觉
怪怪的，好像我的思维一下子被掏空了。不过扔掉了那些
黏糊糊的棉花，我觉得舒坦多了。晚上女士把我放在洗衣
篮里。第二天一早，她洗掉我身上剩下的一点油漆，把我
挂在晾衣绳上晾干。"

"当我被挂在绳子上的时候，你们猜发生什么事？"

"我们绝对猜不到！"娃娃们摇摇头。

"哎呀，一只小鹩鹩飞过来叼走我身上的一大团棉花，在葡萄树上搭了一个又可爱又柔软的小窝！"

"哇，真好玩！"娃娃们一起拍手称好。

蓬头安妮点点头："是呀，这件事让我特别开心。后来好心的女士又把我带回屋子里，把我从膝盖一直到头部都塞满了上好的新棉，然后帮我缝好。她还给我缝上了新的纱线头发。还有，我有个秘密要告诉你们！"

"什么秘密啊？"娃娃们纷纷好奇地凑过来，想听蓬头安妮说个究竟。"嗯，我知道你们会替我保守秘密，所以我决定告诉你们我的笑容看起来比以前更宽一点的原因。"蓬头安妮神秘地眨眨眼。

这时娃娃们也注意到了蓬头安妮的笑容，纷纷表示，她的微笑确实比以前要宽了些，准确地说，是两边各比之前多出了四分之一英寸。

"那位亲爱的女士在我的身子里塞满棉花后，又从一个橱子里拿来一个纸袋，从里面掏出十个还是十五个心形糖

果，每个上面都写着一句箴
言。她又仔细地从这些糖果中
挑选出一个美丽的红色心形糖
果，把它缝进了我身上的棉花
中！这就是我的秘密啦，也正
是我那么开心的原因！"说完
蓬头安妮指着自己的胸口，"来，摸摸我这里。"果然，娃
娃们都摸到了那颗美丽的心形糖果，并且打心眼里为蓬头
安妮感到高兴。

夜幕降临了，娃娃们互道晚安后，便相互依偎着睡着
了。小锡兵娃娃突然问道："蓬头安妮，你看见了你的心形
糖果上面写的是什么吗？"

"哦，我看到了。"蓬头安妮回答，"我刚才太开心了，
以至于忘了把这件事告诉你们！心形糖果上用漂亮的蓝色
字母印着三个字：我爱你。"

蓬头安妮的小河漂流

这天，玛赛拉要在果园里举办茶话会。当然啦，所有的娃娃都会受到邀请，包括蓬头安妮、小锡兵、印第安娃娃——就连胶卷盒里的四个小小的便士娃娃也没落下。

这次茶话会棒极了，在享用了姜汁饼干和牛奶之后，娃娃们想必已经困极了，至少玛赛拉是这么想的。所以她交代蓬头安妮待在原地照看东西，然后带着其他娃娃进屋睡个午觉。

这里一点可做的事儿都没有，所以蓬头安妮就坐在那里等玛赛拉回来。正当她聚精会神地看着一群小蚂蚁嚼着玛赛拉扔给他们的饼干碎屑时，身后突然传来一阵小狗"吧

嗒吧嗒"的脚步声，原来是小狗菲多来了。

菲多朝蓬头安妮跑过来，歪着脑袋来来回回打量着她。看了一会儿，他伸出自己的前爪，冲着蓬头安妮的脸大叫起来。蓬头安妮试图板起脸，想吓唬一下菲多，但是她怎么也藏不住画在脸上的那道灿烂笑容。

"噢！你是想跟我玩，对吗？"小狗汪汪叫道。他一会儿跳到蓬头安妮跟前，一会儿又跳回去。蓬头安妮笑得越开心，菲多就跳得越欢快，最后他干脆咬着她的裙边，拽着她跑开了。

菲多觉得这样实在太好玩了，可蓬头安妮却并不喜欢被这样拖着走。她用尽全力又踢又踹，不停地扭动身子，但是小狗却以为她玩得正欢呢。

他从花园的门跑了出去，顺着小路穿过草地，每跑一段就停下来，然后装作自己很生气的样子。这时，他就会使劲地摇晃蓬头安妮，她那个纱线脑袋猛地撞在地上，发出"咚咚咚"的声音。然后，他猛地向上甩头，把蓬头安

妮高高地抛到空中，蓬头安妮在空中翻了两三个筋斗后，重重地摔在地上。

几番折腾后，蓬头安妮的围裙飞了出去，头上的纱线头发也被弄得松松垮垮。

菲多刚跑到小溪边，一只小狗便从人行桥上飞奔过来，叫道："你嘴里叼着的是什么？"他话音未落，身子已经蹦到蓬头安妮跟前。

"这是蓬头安妮，"菲多回答道，"我们玩得正开心呢。"

你瞧，菲多还真的以为蓬头安妮喜欢这样被抛到天上，然后在空中翻几个跟头呢。当然了，她一点也不喜欢这样。

不过，这个游戏没有持续很久。当蓬头安妮再次从空中掉到地上时，新来的小狗咬住了她的裙子，拖着她朝小桥的方向跑去，菲多一边叫一边在后面紧追不舍。

跑到小桥中间时，菲多终于追上了新来的小狗。他们咬住蓬头安妮开始了激烈的"拔河比赛"。正当他们用力拉扯安妮的时候，不知为何，蓬头安妮被甩了出去，飞过小桥，"扑通"一声掉进了水里。

两只小狗顿时惊呆了。回过神来后，菲多感到非常内疚。以往蓬头安妮对他的好渐渐浮现在脑海中。想当初，还是安妮把自己从野狗收容所里给救了出来呢。可没过多久，水流一下子把蓬头安妮冲走了，菲多只能沿着河岸一边跑一边汪汪大叫。

嗯，这个时候，你一定认为蓬头安妮会沉到水底下去。然而她非但没有沉下去，反而舒舒服服地漂在水面上，这是因为她的身体里填充的都是干净的白棉花，水渗透得没有那么快。

沿着河岸奔跑了一阵子，那只陌生的小狗和菲多都感到筋疲力尽，但还是找不到蓬头安妮的踪影。那只小狗似乎一点也不感到羞愧，他快乐地摇晃着尾巴，蹦蹦跳跳地穿过草地，一溜烟跑回家去了。但是菲多在回家的路上心里却十分愧疚。一想到自己害蓬头安妮掉到河里被水淹死

了，他的那颗小心脏都要碎了。

不过安妮没有被淹死——她不仅一点都没被淹着，甚至还在河里睡了一觉，因为水流是那么的平静柔和，托着她往前漂——就像玛赛拉轻轻地摇晃她一样。蓬头安妮睡得很安稳，她在水上一直漂啊漂，最后漂到了一个池塘里，被一块大石头挡住了去路。

蓬头安妮试着爬到石头上面，但这时水已经完全浸透了她身体里那些柔软干净的白棉花，她感觉自己沉甸甸的，已经爬不上去了。所以，她只好待在那里，等着玛赛拉和爸爸来找她。

这边玛赛拉和爸爸一直在找她。他们在小路边找到了她围裙的碎片，然后又穿过一片草地，也就是菲多和那只小狗把安妮的围裙扯下来的地方。他们沿着小溪一直走，终于找到了蓬头安妮。

爸爸把蓬头安妮从水里捞上来之后，玛赛拉把她紧紧抱在胸口，蓬头安妮身上的水被挤了出来，把玛赛拉的围裙都弄湿了。找到了蓬头安妮，玛赛拉非常高兴，一点也不在意自己的衣服湿了。她飞快地跑回家，把蓬头安妮身上所有的湿衣服都脱了下来，然后把她放在炉子门口处的小红椅子上，又把其他的娃娃也叫过来。她一边给娃娃们读童话故事，一边等着蓬头安妮身上的水汽蒸发干。

等蓬头安妮完全干透了之后，妈妈说她觉得蛋糕已经烤好了，于是从炉子里取出一个香喷喷的巧克力蛋糕，给了玛赛拉一大块，好让她再举行一次茶话会。

那天晚上，当全家人都睡着之后，蓬头安妮从床上坐了起来，对那些还醒着的娃娃们说："我真是太开心了，开心得一点儿都不困。你们知道吗，我觉得水把我浸透之后，我的糖果心脏一定会融化，然后流得我满身都是。还有，我一点儿也不生菲多的气，虽然他那么粗鲁地跟我玩儿。"

听完蓬头娃娃的一席话，其他娃娃也跟着开心起来，因为只要我们大家彼此相爱，快乐就在你我身边，触手可及。

蓬头安妮和新来的娃娃

蓬头安妮被玛赛拉扔在地上，一动不动地躺在那儿——她四肢大张，破布做的胳膊和腿不雅观地扭在了一起。她那纱线做成的头发缠在了一起，还垂下来盖住了半边脸儿，把鞋纽扣做成的眼睛都遮住了。

"你见过这么难看的玩具吗？"

"我确信她的眼睛是鞋纽扣做的！"

"头发还是纱线做的呢！"

"老天啊，你瞧瞧她那双脚！"

两个新来的娃娃正对着蓬头安妮评头论足，蓬头娃娃装作什么也没听见，只是静静地躺在那里，望着天花板微笑。

或许蓬头安妮心里也明白，他们说的是真话。

但是，有的时候，真话伤人，这应该就是蓬头安妮躺在那里一动不动的原因吧。

听到有人说蓬头安妮的坏话，荷兰娃娃惊讶得从玩具沙发上滚了下来，还用颤抖的声音喊了一声"妈妈呀"。他心想亲爱的蓬头安妮——她可是有着糖果般的好心肠，深受所有娃娃们喜爱的破布娃娃啊！

克莱姆叔叔也是既惊讶又气愤。他走到两个新娃娃的面前，板起脸，看着他们的眼睛。但是他也不知道该说些什么，所以开始捋起自己的纱线胡子。

玛赛拉那天早上刚刚收到这两个娃娃。他们被装在包裹里一大早就寄到了家里，是一位阿姨给她的礼物。

玛赛拉用阿姨和舅舅的名字给两个新娃娃取了名字，他们分别叫作安娜贝尔－李和托马斯。

安娜贝尔和托马斯都生得非常好看，买下他们肯定要花上一堆亮晶晶的硬币，因为他们的衣服都漂亮极了，连头发都是真的！

安娜贝尔有一头美丽的红褐色长发，托马斯的头发则是金黄色的。

安娜贝尔穿着柔软的绸缎裙子，上面还缀满了蕾丝边。她头上戴着一顶美丽的帽子，帽子上的长丝带绕过她那长着浅浅酒窝的下巴，打了一个漂亮的蝴蝶结。

托马斯则穿着奥利弗·特威斯特（《雾都孤儿》中的主角）式的套装，深色天鹅绒外套配蕾丝领口。他和安娜贝尔都穿着漂亮的黑色凉鞋和短袜。

玛赛拉把他俩分别放在两把小小的红色玩具椅子上，好让他们可以看到其他娃娃们。

当克莱姆叔叔走到他们面前开始捋胡子的时候，他们忍不住笑了出来。"嘿嘿嘿！"他们小声笑着道，"他的膝盖破了两个洞！"

他们说得太对了。克莱姆叔叔是用毛绒线做的，他的膝盖和苏格兰短裙上的一些地方被蛀虫蛀掉了。他穿着一条苏格兰短裙，要知道，他是个苏格兰娃娃。

听到这番话，克莱姆叔叔惊呆了，但是他太伤心了，所以一句话也说不出来。

于是他转身走到蓬头安妮旁边坐了下来，把她的纱线头发从她的眼睛上拨开。

小锡兵也走了过来，坐在他们旁边。

"蓬头安妮，他们这么说你，你真的不在乎吗？"他说，"也许他们没有我们这么了解你！"

"我们才懒得去了解她呢！"安娜贝尔一边整理自己的裙子一边说，"她长得像个稻草人似的！"

"那个锡兵一定是用罐头起子做的吧！"托马斯嘲笑道。

法国娃娃站在安娜贝尔和托马斯面前，愤愤地说道："你们应该为自己感到羞愧！如果你们还继续取笑我们，瞧不起我们的话，那我们会为你们加入我们的大家庭而感到遗憾。我们大家在这里开开心心地生活，分享彼此的冒险经历和共同的快乐。"

那天晚上，

玛赛拉没替两个新娃娃更衣，因为她还没有为他们准备好新睡衣。她让新娃娃坐在那两把小红色玩具椅子上，免得他们把衣服弄皱。"我明天就给你们俩做睡衣！"说完，她亲了亲两个娃娃，向他们道晚安。然后，她走到蓬头安妮面前，给了她一个拥抱，"晚安蓬头安妮，你要照顾好我所有的孩子哦！"说完，她就走了出去。

安娜贝尔和托马斯小声嘀咕道："也许我们的结论下得太早了！"安娜贝尔说，"看起来小主人最喜欢这个蓬头安妮，所有的娃娃也都很喜欢她！"

"这一定是有原因的！"托马斯回答，"我开始有点后悔嘲笑她的长相了，毕竟一个人真的没有办法决定自己的样貌啊！"

夜深了，安娜贝尔和托马斯经过一番长途跋涉都感到十分疲惫，很快就睡着了，早把其他娃娃抛到九霄云外去了。

等他们睡熟之后，蓬头安妮悄悄地从床上溜了下来，叫醒了锡兵娃娃和克莱姆叔叔，三个人一起蹑手蹑脚地走到新娃娃的旁边。

为了不惊动两个新娃娃，他们轻轻地把他俩抬起来，放到了蓬头安妮的床上。

蓬头安妮帮他们掖紧了被子，然后自己躺在了坚硬的地板上。

小锡兵和克莱姆叔叔都试图让安妮睡到他们的床上去（他们俩睡一张床），但是蓬头安妮没有听他们的。

"我身体里塞的可都是上好的软棉花，睡在硬地板上一点儿关系都没有呢！"蓬头安妮说道。

第二天天亮，安娜贝尔和托马斯醒来时发现自己躺在蓬头安妮的床上，急忙坐起来，用羞愧的眼神互相看了看，因为他们知道是蓬头安妮慷慨地把自己的床让给了他们。

蓬头安妮四仰八叉地睡在坚硬的地板上，那破布做的胳膊和腿扭成了很不雅观的姿势。

"她看上去是多么的善良诚实啊！"安娜贝尔说，"这一定是因为她有一双鞋纽扣做成的眼睛！"

"她那卷卷的头发轻轻垂在脸上的样子是多么可爱啊！"托马斯感叹道，"我昨晚怎么会没发现她的脸蛋儿是那样和善友好呢？"

"其他娃娃那么地爱她，"安娜贝尔若有所思道，"一定是因为她太善良了。"

两个新娃娃都沉默了一会儿，各自陷入了深思。

"你在想什么？"托马斯终于开口了。

"我真的感到很惭愧！"安娜贝尔回答，"你呢，托马斯？"

"等蓬头安妮一醒来，我就要告诉她，我为自己的行为感到羞愧极了，如果可能的话，我想请她原谅我！"托马斯说。

"我越看越喜欢她！"安娜贝尔看着地上的蓬头安妮说。

"我一定要亲她一下！"托马斯激动地说。

"那样会把她弄醒的！"安娜贝尔连忙阻止他。

但是托马斯已经从床上爬了下来，他在蓬头安妮画上去的脸颊上亲了一下，拂开了垂在她那破布前额上的头发。

安娜贝尔也从床上爬下来，亲了蓬头安妮一下。

接着，安娜贝尔和托马斯轻轻地把蓬头安妮从地上抬起来，放到她自己的床上去，然后温柔地给她盖上了被子，走到那两把红色小椅子边坐了下来。

过了一会儿，安娜贝尔轻声对托马斯说："我从来没有感觉这么好，这么开心过！"

"我也是！"托马斯回答，"我此刻的心情就像一间阴暗的房间顷刻被阳光照亮一样，我要努力留住这片阳光！"

菲多的一只毛茸茸的白耳朵从他的篮子边伸出来，他摇着尾巴噗噗地拍打了几下自己的枕头。

蓬头安妮安安静静地躺在床上。托马斯和安娜贝尔已经给她掖好了被子。她微笑着望着天花板，那颗糖果做的心（上面写着"我爱你"）充满了快乐和满足，因为，正如你可能已经猜到的那样，蓬头安妮根本就没有睡着！

蓬头安妮与小猫咪

蓬头安妮一整天都不在家。

玛赛拉一大早就来到育婴室。她给娃娃们打扮完，把他们整齐地摆放在房间里。

一些娃娃被安置在红色的小椅子上，围着玩具小桌子坐好。桌子上能吃的东西只有火鸡、一份炒鸡蛋还有一个苹果，这些食物都是用巴黎的石膏做成的，还涂上了栩栩如生的颜色。小茶壶和其他玩具碗碟都是空的，但是玛赛拉却告诉他们，在她不在家的时候要好好享受大餐。

法国娃娃被放在玩具沙发上坐着，而克莱姆叔叔则被摆在钢琴前。

离开的时候，玛赛拉捡起蓬头安妮，抱着她走出了房间，同时告诉娃娃们，妈妈不在家的时候，要当真正的乖孩子！

房门关上之后，小锡兵朝荷兰娃娃淘气地眨了眨眼，然后把火鸡模型递给硬币娃娃，问道："要来点儿美味的火鸡肉吗？"

"不用了，谢谢你！"硬币娃娃用惯有的又小又尖的声音回答，"我们已经吃得非常饱了！"

"我来给大家演奏一曲如何？"苏格兰娃娃克莱姆叔叔问道。

这下子，所有的娃娃都笑了起来，因为克莱姆叔叔什么曲子也不会弹。他们当中只有蓬头安妮上过钢琴课，她用一只手就能弹《彼得，彼得，吃南瓜的人》这首曲子。

事实上，为了教她弹琴，玛赛拉都快把蓬头安妮的右手磨穿了。

"弹点儿欢快的曲子吧！"法国娃娃一边用手遮住嘴巴，一边"咯咯"

笑着说。于是克莱姆叔叔开始用尽全力敲打这架玩具钢琴上的八个琴键。突然，娃娃们听见楼梯上传来一阵噪声。他们飞快地恢复到原来的姿势，就像玛赛拉刚把他们摆好时一样，因为他们不希望真正的人类知道他们会动。

还好进来的只是小狗菲多。他把鼻子从门外探进来，四处张望。

桌子旁的娃娃们都盯着桌上的食物一动不动，克莱姆叔叔则斜靠在琴键上，恢复了刚刚被摆在这里时那副漫不经心的样子，就像什么事儿也没发生过一样。

菲多推开门走进育婴室，一条小尾巴摆个不停。

他走到桌子前嗅了嗅，满心希望玛赛拉能给娃娃们准备一些真正的食物，或许还能剩下点给他吃。

"蓬头安妮上哪儿去了？"菲多问，他最后终于确信那儿根本没有他可以吃的食物。

"小主人带着蓬头安妮出去了！"娃娃们齐声回答说。

"我发现了好东西，得告诉蓬头安妮！"菲多一边挠挠耳朵一边说。

"是秘密吗？"硬币娃娃问。

"才不是秘密，"菲多回答，"是一窝小猫咪！"

"太棒了！"娃娃们叫了出来，"是真正的活的小猫吗？"

"是真正的活的小猫！"菲多答道，"是三只小小的猫咪，就在谷仓外面！"

"哎，真希望蓬头安妮在这儿！"法国娃娃说，"她一定知道应该怎么办！"

"要不我怎么会来找安妮呢，"菲多一边用尾巴拍打着地板一边说，"当初我也不知道那里有小猫咪，只想到谷仓里抓老鼠，没想到一进谷仓，猫妈妈就恶狠狠地朝我扑过来，眼睛都绿了，不瞒你们说，当时我吓得撒腿就往外跑！"

"那你是怎么知道那里有小猫咪的呢？"克莱姆叔叔问。

"后来我一直在谷仓外面转悠，等到猫妈妈进了屋子，我又伺机溜了进去。我知道那里面一定有什么特别的东西，否则她不会那样朝我扑过来！要知道，我们之间的关系

一向不错的。"菲多继续说道,"出乎意料的是,我竟然在旧篮子里看到了三只很小的小猫咪,就在那个黑暗的角落里!"

"去把他们带来吧,菲多,带他们上来,让我们也看看他们!"小锡兵说。

"我不去!"菲多说,"我可不像你一样穿了一身锡皮衣服,要知道,猫咪凶起来可是会狠狠地抓人的!"

"等蓬头安妮回来了,我们会转告她的!"法国娃娃保证道。于是菲多就跑出去跟邻居家的小狗玩儿了。

蓬头安妮一回到育婴室,娃娃们都迫不及待地想把这件事告诉她,一直忍到玛赛拉给他们换完睡衣,然后离开房间为止。

娃娃们马上就把小猫咪的事一股脑儿告诉了蓬头安妮。

蓬头安妮一下子从床上跳下来,跑到菲多的篮子跟前,发现他不在里面。

蓬头安妮提议所有的娃娃都去谷仓看看那些小猫咪。这对他们来说并不是什么难事,因为房间的窗户是开着的,站在窗台上轻轻一跳就可以落在外面的草地上。

娃娃们在谷仓附近发现了菲多。他正目不转睛地盯着一个洞。

"我担心小猫咪们会被人打扰,"他说,"猫妈妈已经离开大约一个小时了。"

在蓬头安妮的带领下,所有的娃娃都从那个洞钻了进去,跑到篮子边上。

正当蓬头安妮准备拎起一只小猫的时候,外面传来一阵阵低吼和尖叫声,菲多从那个洞窜了进来,猫妈妈在后面紧追不舍。眼看猫妈妈就要抓到自己,菲多吓得开始尖叫起来。

绕着谷仓跑了两三圈后,菲多终于抓住一个机会从洞里钻出去,跑到了院子里。后来猫妈妈折回到篮子跟前,看到了娃娃们。

"你太多虑了,猫妈妈!"蓬头安妮说,"你不在的时候,菲多已经替你照看小猫咪一个多小时了。他无论怎样都不会伤害他们的!"

"哦,对不起!"猫妈妈说。

"猫妈妈,你必须相信菲多!"蓬头安妮说,"因为他

爱你，所有爱你的人都值得信任！"

"是吗？"猫妈妈回答，"猫爱老鼠，我希望老鼠能更信任我们！"

娃娃们都被这个笑话逗乐了。

"你有没有跟住在上面屋子里的人提起自己的小猫咪呢？"蓬头安妮问。

"哦，我的天，我哪敢说啊！"猫妈妈大声说道，"你们知道吗，在我上次住的地方，人们发现我的小猫咪之后，所有的小猫都不见了！所以我决定保守这个秘密！"

"但是这家人心肠可好了啊，他们一定会非常爱你的小猫的！"娃娃们喊道。

"我们把猫咪们直接带到育婴室吧！"蓬头安妮说，"这样小主人明天早上就能发现他们了！"

"太好了！"娃娃们齐声说，"就这样吧，猫妈妈！蓬头安妮知道该怎么做，因为她的身体里塞满了上好干净的白棉花，所以她很聪明！"

经过好一番劝说之后，猫妈妈

终于同意了。蓬头安妮带着两只小猫向屋子走去，猫妈妈带着另外一只跟在后面。

蓬头安妮想把自己的床让给小猫咪，但是菲多非常急于证明自己的爱心，一再请猫妈妈和小猫咪睡在他那个舒适柔软的篮子里。

娃娃们整个晚上几乎都没怎么睡，他们非常想知道小主人发现这些可爱的小猫咪之后会有什么反应。

蓬头安妮更是一夜都没睡，因为她跟菲多挤在一张床上，而菲多老是喊醒她，跟她说悄悄话。

第二天一早，玛赛拉来到育婴室，她第一眼看到的就是那三只小猫咪。

她开心得大叫起来，立刻把小猫咪带到楼下给爸爸妈妈看。猫妈妈则紧紧跟在后面，她弓起后背，一路挤过那些椅子和门，嘴里骄傲地发出"咕噜咕噜"的声音。

妈妈和爸爸说，小猫咪可以待在育婴室里，就归玛赛拉所有，所以玛赛拉把他们带回育婴室，放在菲多的篮子里，还开始从童话书上给他们找名字呢。

最后玛赛拉挑了三个

名字：小白猫叫"白马王子"，马耳他猫叫"辛德瑞拉"，而身上有黄色斑纹的小猫叫"黄金公主"。

这就是三只小猫来到育婴室里生活的由来。

蓬头安妮说得果然没错，正因为她的脑袋里都填充了干净的白棉花，所以她能想出绝妙的好点子。

猫妈妈也发现菲多确实是个非常值得信赖的朋友。她越来越信任菲多，甚至还允许菲多给小猫们洗脸呢。

蓬头安妮和仙子的礼物

娃娃们的被子都掖得紧紧的，他们都躺在玩具小床上准备睡觉了，整个房子静悄悄的。

每隔一会儿，菲多都会竖起一只耳朵，一只眼睛半睁着，小狗的敏锐直觉告诉他可能会发生什么事情。

后来他睁开双眼，开始在空气中嗅来嗅去。他从篮子里爬了出来，使劲抖了抖身体，穿过整个育婴室跑到蓬头安妮床边。

菲多把冰凉的鼻子贴在了蓬头安妮的脖子上。蓬头安妮被惊醒了，迷迷糊糊地从小枕头上抬

起头。"哦！原来是你啊，菲多！"蓬头安妮说，"难怪我刚才梦到小锡兵把一个冰块塞到了我的脖子里！"

"我睡不着，"菲多告诉蓬头安妮，"我感觉有什么事情要发生！"

"菲多，一定是因为你最近啃太多骨头了，所以你才睡不着。"安妮回答。

"不，不是因为这个。自从家里的人上周日吃了牛肉之后，我就再也没啃过骨头了。所以不是因为这个，安妮，你听！"

蓬头安妮安静地听着。

从远处传来一阵低沉的声音，听上去就像有人在唱歌。

"什么声音？"菲多问。

"嘘！"蓬头安妮小心翼翼地说，"是音乐声。"

那确实是音乐声，蓬头安妮从来没有听过这么美妙的音乐。

音乐声虽然越来越大，但是听上去依然非常遥远。

蓬头安妮和菲多都听得很清楚，那乐声就像上百人齐声歌唱一样。

"别叫，菲多！"蓬头安妮怕他会发出声音，急忙用她那两条破布做的胳膊捂住了菲多的鼻子，因为蓬头安妮知道，只要一听到音乐声，他就会跟着"唱"。

但是这次菲多并没有唱歌，他满心疑惑不解，觉得一件非常美好的事情似乎就要发生了。

蓬头安妮直直地坐在床上，一种奇异而美丽的光芒充满了整个房间，那动听的音乐声从育婴室的窗户缓缓地流淌进来。

蓬头安妮从床上跳了起来，一路跑着穿过房间，身后还拖着长长的睡衣。菲多紧跟在她身后，他们两一起从窗户往花园望去。

只见那簇簇花丛中，几百个小人儿聚在一起，有的在弹琴，有的在吹奏花朵做成的号角，而另一些人则在唱歌。蓬头安妮和菲多听到的奇异又美丽的音乐就

是从这儿传来的。

"是仙子！"蓬头安妮说，"菲多，快到床上去！他们朝这儿来了！"蓬头安妮拖着长长的睡衣跑回自己床上。

菲多跳了三跳，钻进了篮子里，假装睡得很香，但是他那只黑色的小眼睛一直从篮子边的缝隙里往外瞟。

蓬头安妮跳上床，一直把被子拉到下巴那里。她斜躺在床上，一双鞋纽扣做成的眼睛紧张地盯着窗户。

小仙子唱着悠扬的歌声，身上散发出白银一般的光芒，闪闪发光，瞬间照亮了整个育婴室。他们抬着一个小小的包裹。美丽的光芒从包裹中渗出来，而对蓬头安妮和菲多来说，它就像融合了阳光和月光一样，那么神圣，那么柔和，正如人们想象中伴随仙子一同出现的光一样。

蓬头安妮看呆了，突然，她那颗糖果心脏在塞满棉花的小胸膛中怦怦怦地跳个不停，因为她看到一个粉色的小脚丫正从那片光芒中伸了出来。

随着音乐声变得越来越远，仙子的队伍带着这个包裹穿过整个育婴室，走出了房门，到楼下去了。

过了一会儿，仙子们送完包裹回到育婴室，穿过打开的窗户，消失不见了。

蓬头安妮和菲多又跑到了窗口，看到仙子们在花丛中翩翩起舞。

包裹散发的光芒依然萦绕在婴儿房中，空气中飘荡着一种奇特又美妙的香气。

仙子的音乐逐渐飘远，他们已经飞走了。蓬头安妮和菲多一起回到安妮的床上，回想着刚才发生的事情，脸上浮现出疑惑的表情。

太阳老爷爷从花园的墙上慢慢探出了头，阳光照进了育婴室，其他的娃娃都醒了，但是蓬头安妮和菲多还在为昨晚发生的事儿感到迷惑不解。

"你们到底看到了什么啊，蓬头安妮？"小锡兵和克莱姆叔叔一起问道。

蓬头安妮还没来得及回答，玛赛拉就跑了进来，她把所有的娃娃都抱了起来，跑到了楼下的大厅里，菲多跟在她身旁跳个不停，一边还大声地汪汪叫。

"安静！"玛赛拉小声地对菲多说，"他在睡

觉，你会把他吵醒的！"

妈妈帮玛赛拉把娃娃们围着小床摆成一个圆圈，这样他们就都能看到包裹里到底是什么了。

妈妈温柔地揭开柔软的被子，呈现在娃娃们面前的是个可爱的小男婴，他有着珊瑚般粉嫩的小拳头，一张娇嫩的小脸，还有小巧的、粉扑扑的鼻子。他的小脑袋和法国娃娃头发掉光之后的脑袋一样，圆溜溜、光秃秃的。

我的天啊，当娃娃们回到育婴室时，他们简直炸开锅了。

"小主人有一个可爱的小弟弟了！"克莱姆叔叔兴奋地说。

"这个充满爱和神奇阳光的美丽包裹是送给全家人的礼物！"蓬头安妮一边说，一边走到玩具钢琴前，她高兴地用一只手弹起了一曲《彼得，彼得，吃南瓜的人》。

蓬头安妮与小鸡们

有一天，玛赛拉和蓬头安妮正坐在一起看小鸡宝宝玩耍。妈妈差人叫玛赛拉回屋子，玛赛拉便把安妮放在鸡圈的围栏上坐好，对她说："乖乖坐着，别摇来晃去，否则你会掉下去受伤的！"

虽然蓬头安妮乖乖地听玛赛拉的话，安静地坐着，但她却不时冲着小鸡们微笑，因为她曾经不止一次从围栏上摔下去，却从来没有受过一点伤。要知道，她身体里填充的可都是上好的柔软

棉花。

安妮就这样一直坐在那里。这时，一只寻找花蜜的小蜂鸟向她飞来，"嗡嗡"地在她的耳边哼鸣，又在那棵高大的蜀葵附近盘旋。

蓬头安妮转头去看那只蜂鸟，不料身体突然失去了平衡——"砰"地一声她掉了下去，落在了鸡群中间。

鸡群立刻四散逃开，只有公鸡"老硬汉"留在原地。他脖子上的羽毛直直竖了起来，然后低下头，脑袋几乎贴到了地面上，一边从嗓子里发出奇怪又低沉的哨音，一边用凶狠的目光盯着蓬头娃娃。

但是蓬头安妮依旧微笑地看着公鸡"老硬汉"，心里一点儿都不害怕，还用一只手不停地拨弄自己的纱线头发。

就在这时，意想不到的事情发生了。只见那只老公鸡跳到半空中，抬起脚爪猛地往前踢出去，蓬头安妮被他踢得连续打了好几个滚儿。

好不容易站稳了身子，安妮朝

着公鸡挥了挥自己的围裙，大声喊"走开！"可是她刚喊了没几声，"老硬汉"又朝她扑了过来。

这时，在一旁观望已久的两只老母鸡终于看不下去了，便一齐跑上前去，一只挡在老公鸡的前面，另一只则趁机拽住蓬头安妮的围裙，把她拖进了鸡舍里。

鸡舍里光线很暗，安妮不明白到底发生了什么事情，她只感觉到自己被用力拉到了鸡舍顶上。

老母鸡放开她后，蓬头安妮终于可以坐起身来。她那双鞋纽扣眼睛还好端端地待在脸上，所以她很快就认出站在自己面前的老母鸡来。

"我的天啊！我好久没干过这么重的活了！"老母鸡缓过劲儿后说道，"我刚才真担心公鸡先生会撕碎你的裙子和围裙呢！"

"他刚才玩的那个游戏实在是太奇怪了，母鸡太太。"蓬头安妮说。

老母鸡猛地咽了口吐沫，"仁慈的上帝啊，他不是在玩游戏，他是在跟你打架啊！"

"打架？"蓬头安妮惊讶地叫了出来。

"是的，没错！"老母鸡回答，"那只公鸡，就是老硬汉，

他以为你要去伤害那些小鸡宝宝，所以才攻击你！"

蓬头安妮舒了口气，赶紧说："我掉到鸡圈里来，真是对不起啦，我不会伤害任何人的。"

"如果我告诉你一个秘密，你得发誓不能告诉小主人！"老母鸡郑重地说道。

"我以我的糖果心发誓！"蓬头安妮指了指自己的胸口。

于是，两只老母鸡把蓬头安妮带到鸡圈最里面的一个角落里。只见她们在一个箱子后面做了两个窝，在每个窝里下了十个蛋。

"如果你们家里人知道了这件事，他们就会把鸡蛋拿走的！"母鸡们说，"要是这样的话，我们就没法哺育我们的后代了！"

蓬头安妮伸手摸了摸鸡蛋，觉得他们既光滑又温暖。

"我们刚离开鸡窝，你就掉进鸡圈里来了！"母鸡们解释道。

"但是，如果你们坐在鸡蛋上面，他们还怎么长大呢？"安妮说，"小主人说

过，如果菲多坐在花园里的植物上面，那这些植物就没办法生长了！"

"鸡蛋可不一样哦！"一只母鸡解释说，"为了让鸡蛋都能正常孵化，我们必须得在上面坐上三个星期，任何时候都不能让鸡蛋变凉！"

"那三个星期之后，鸡蛋就会发芽吗？"蓬头安妮觉得很好奇。

"你说的是茄子吧！"其中一只母鸡咯咯地大笑道。"三个礼拜之后，小鸡们就会破壳而出，于是我们就有一窝毛茸茸的小鸡仔啦！这些可爱的小东西就像一团团软绵绵的小圆球儿，叫人爱都爱不够，只想把他们搂在自己的怀里呢。"

"你们是不是已经在鸡蛋上坐了很久了？"蓬头安妮接着问道。

"不知道，我们俩谁也没记录过时间。"另外一只母鸡说，"你瞧，除了偶尔出去一会儿吃点东西外，我们从来没有离开过自己的窝。所以我们几乎不知道什么时候是白天，什么时候是夜晚！"

"你掉进鸡圈的时候，我们正准备出去喝水呢！"刚才大笑的老母鸡说，"我们现在得回到窝里坐着，让鸡蛋再暖

和起来！"

于是，这两只母鸡把自己的羽毛舒展开，在鸡蛋上面坐了下来。

"等你们把鸡蛋好好地焐热了之后，我很乐意坐在他们上面，给他们保温，这样你们就能出去觅食了！"蓬头安妮说。刚才蓬头安妮掉进鸡圈的时候，她们都没顾得上吃完饭，这会儿两只母鸡又到鸡舍外面接着吃饭，在她们出去的这段时间里，蓬头安妮安安静静地坐在温暖的鸡蛋上。突然间，蓬头安妮觉得屁股下面有动静，好像有什么东西在动。"千万别是老鼠啊！"她紧张地想道，"老母鸡们要是在这里就好了。"过一会儿，母鸡们终于回来了，看到蓬头安妮一脸迷惑的表情，惊叫道："你怎么啦？"

蓬头安妮站起身来朝下面看去，看到了几个像毛线球般圆滚滚的小绒球，原来是几只非常可爱的小鸡宝宝。

蓬头安妮从窝里

走出来时，小鸡宝宝叽叽地叫了起来。

"是小鸡宝宝！"蓬头安妮弯下腰，捧起一只小绒球说，"他们真是太可爱了！"

两只母鸡的眼中闪烁着幸福的光芒，她们走过去坐在鸡窝上面，舒展开自己的羽毛，兴奋地说："剩下的小鸡很快就会出壳了！"

在接下来的几天里，母鸡们在蓬头安妮的帮助下把剩下的小鸡们都孵了出来，她们刚把小鸡孵化出来，玛赛拉就找到鸡舍里来了。

"蓬头安妮，你到底是怎么跑到这里来的？"她大叫道，"我一直到处找你！是这些鸡把你拖进来的吗？"

这时，箱子后面的两只母鸡正朝身下的小鸡温柔地叫着，恰好被玛赛拉听到了。

她搬开箱子，发出一声既惊讶又开心的尖叫。"哦，你们这两个老家伙！"她把两只母鸡从窝里抱了出来，"原来你们把窝藏到这里来了，现在又有了一、二、三、四——二十只小鸡宝宝！"她一边数，一边把小鸡兜在自己的围裙里，接着把蓬头安妮也捡了起来，放在了小鸡上面。

"快来，你们这两个老家伙！"她一边说，一边往鸡舍外面走，脚边还跟着两只"咕咕"叫的母鸡。

　　玛赛拉喊来了爸爸，他推了两个大桶出来，放在一棵大树下，在两个桶里分别做了一个舒适的窝，然后又在桶口钉上了木板条，还留了一个门。爸爸给每只母鸡分配十只小鸡，然后把她们关在桶里。其他的娃娃听说了蓬头娃娃的冒险故事之后，都非常兴奋，没过多久，他们也被带到外面去看新出生的小鸡了。

蓬头安妮和小老鼠的故事

　　珍妮特是新来的蜡人娃娃，如果有人翻来覆去地摆弄她，她也会像荷兰娃娃亨利那样大叫"妈妈呀"。她有一头用真头发做成的美丽的金棕色鬈发。不管你怎样给她梳头、编辫子、卷发，还是吹头，她的头发从来不会打结。有这样漂亮的娃娃做伴，蓬头安妮感到非常自豪。

　　但是蓬头安妮现在却很不高兴，她拉下脸来，紧锁眉头（但是等她舒展开眉头，脸上立刻又会浮现出平时那种愉快的

笑容），烦躁地抓着自己的头发，把头上的缝纫线都扯掉了两根。

如果你听说了发生在珍妮特身上的事情也会生气的。

昨天晚上，娃娃们都睡着之后，有人偷偷溜进育婴室，把她美丽脸蛋上的蜡都啃光了——她现在看起来丑陋极了！

"真的是太可恶了！"蓬头安妮搂着珍妮特，气愤地说。

"一定要想想办法！"法国娃娃一边跺脚一边说。

"如果我抓住嫌犯，我一定要——哎，我也不知道要拿他怎么办！"小锡兵说。虽然他有时候看起来很凶，但是他很少真的发火。

"他就是从这个洞进来的！"克莱姆叔叔在育婴室的另一头大声说，"你们快来看啊！"

所有的娃娃都跑到了克莱姆叔叔那里，他们趴下来，顺着他手指的方向看过去。

"就是这个地方！"蓬头安妮说，"我们得用东西把洞

堵起来，这样他就再也进不来了！"

娃娃们四处寻找，找来了破布和纸片，把这些东西塞进了老鼠洞里。

"我想我昨天晚上听到啃东西的声音了，"其中一个硬币娃娃说，"你知道，昨天晚上我恳求小主人多给我一块馅饼，她一生气把我扔在桌上，害得我一夜没睡好觉！"

正当娃娃们议论纷纷的时候，玛赛拉进来拿起珍妮特，跑到楼下告诉爸爸妈妈发生了什么事。他们跟着玛赛拉到楼上检查了房间，终于发现了那个老鼠洞。

"咳，他啃的为什么不是我啊？"蓬头安妮看到玛赛拉脸上的悲伤表情，默默地问自己，因为蓬头安妮从来都不是一个自私的娃娃。

"爸爸会把珍妮特带到城里去，她修好了之后就会像新的一样。"妈妈对大家说。于是，爸爸把珍妮特包在柔软的棉纸里带走了。

那天晚上，玛赛拉蹦蹦跳跳地进了育婴室，给娃娃们带来了一个惊喜。她带来了一只毛茸茸的可爱小猫。

玛赛拉把小猫咪介绍给了娃娃们。

"她的名字叫'靴子猫'布茨，这是因为她有四只白色

的小爪子！"玛赛拉说。开心的小猫布茨跟硬币娃娃们玩了起来，她把硬币娃娃按在地板上磨来磨去，一会儿又躲在椅子后面偷看他们，然后猛地一下跳到他们面前，假装他们是一群小老鼠，硬币娃娃们开心得不得了。

玛赛拉离开育婴室后，蓬头安妮和布茨玩起了摔跤。她们在地板上滚来滚去，布茨用前爪抱住蓬头安妮的脖子，两只后爪不停地踢来踢去。

布茨偶尔会拱起后背，装作一副气冲冲的样子，然后一路横行到蓬头安妮旁边，一下子扑到她身上，两个人又开始在地上滚来滚去。他们的头撞到地板上，发出一阵"嘭嘭嘭"的响声。

布茨当天晚上就睡在育婴室里。因为这是她第一次离开家，所以她觉得很孤单，开始想妈妈了。

布茨就趴在蓬头安妮的身上睡觉，虽然有蓬头安妮陪伴，她还是睡不着觉。蓬头安妮很高兴和布茨一起睡，尽管她有点重。每当布茨因为想念妈妈开始哭泣时，蓬头安妮就抚慰她。过一会儿，布茨就睡着了。

终于有一天，珍妮特回家了。她的脸上涂上了一层新蜡，又像以前那样漂亮了。

现在，布茨已经成了大家庭中的一员，晚上也不再哭泣了。她听说了墙角那只老鼠啃掉了珍妮特脸上的蜡，便发誓以后睡觉的时候一定会警觉一点。

那天深夜，只有布茨一个人还醒着。突然有一只小老鼠从墙角的洞里钻了进来。布茨朝着老鼠扑了过去，她撞到了玩具钢琴，碰到琴键，发出很大的声响，所有的娃娃都被吵醒了。

他们一窝蜂跑过来，发现布茨叼着一只小老鼠，嘴里还发出低沉的吼声。

我的天啊！那老鼠的尖叫声太刺耳了！

蓬头安妮不想听到这种尖叫声，但她也不希望珍妮特脸上的蜡再被老鼠啃掉！

所以，蓬头安妮对小老鼠说："你来之前应该先了解清楚，布茨现在跟我们住在一起呢。你干吗不到外面的谷仓里去呢？你住在那儿才不会糟蹋贵重的东西。"

"我不知道啊！"小老鼠尖声尖气地说，"这是我第一次到这儿来！"

"把珍妮特脸上的蜡啃掉的小老鼠难道不是你吗？"蓬头安妮追问道。

"不是我！"小老鼠一口否认，"我来拜访住在墙壁里的同伴们，顺便溜出来找一点蛋糕碎屑！我在谷仓的家里还有三只小鼠宝宝。我从来没有啃过任何人的脸！"

"你是鼠妈妈？"克莱姆叔叔问。

"是啊！"小老鼠吱吱叫道，"如果猫把我放了，我立刻就回家到我的孩子身边去，我再也不会来这里了。"

"放了她吧，布茨！"娃娃们齐声恳求，"她家里还有三只小鼠宝宝呢！请放了她吧！"

"先生们，这可不行！"布茨低吼道，"这是我抓住的第一只老鼠，我要吃掉她！"听到这话，鼠妈妈的尖叫声变得越来越凄厉了。

"布茨，如果你不放了鼠妈妈，我就再也不跟你玩了！"蓬头安妮说。

"安妮再也不跟布茨玩了！"惊恐的娃娃们异口同声地说。如果蓬头安妮不跟他们玩了，他们一定会伤心死的。

但是布茨却低吼不语。

娃娃们都退到一边站着，而蓬头安妮正在跟克莱姆叔叔窃窃私语。

在他们说悄悄话的当儿，布茨故意放开鼠妈妈，没等她跑多远，又把她逮住，并用两只爪子把这只老鼠扇来扇去。

鼠妈妈被布茨折腾得筋疲力尽，几乎跑不动了。

最后布茨放开她，让她跑到接近洞口的地方，然后再扑过去把她抓回来，因为布茨心里明白她无论如何也逃脱不了自己的掌心。

蓬头安妮看到那只小老鼠拖着沉重的身子艰难地朝洞口爬去，忍不住哭了，泪水从她那双鞋纽扣眼睛里流了出来。

后来，正当布茨又要开始追逐那只老鼠的时候，蓬头安妮用自己破布做的胳膊抱住猫咪的脖子，嘴里喊道："鼠妈妈，快跑！"蓬头安妮被布茨甩得在空中不停地飞舞。

克莱姆叔叔立刻冲过去，一把将鼠妈妈推出洞口，鼠妈妈这才逃走了。

蓬头安妮把胳膊从布茨的脖子上拿开，小猫气得不得了，她向后竖起耳朵，开始用爪子抓蓬头娃娃。

但是蓬头安妮却只是冲着她微笑——蓬头安妮可是用针线一针一针缝起来的，那样她都一点儿不觉得疼，何况是被小猫咪抓几下呢？后来布茨觉得有点惭愧，于是走到墙边，趴在老鼠洞口，希望那只老鼠能再回来，但是老鼠

再也没有回来过。这时候的鼠妈妈正在谷仓里，与她的孩子们在一起，她警告他们一定要当心那些大大小小的猫。

这时候，蓬头安妮和娃娃们都上床准备睡觉了。当蓬头安妮快要睡着的时候，突然感觉到有个东西跳到她床上来。原来是布茨，她正用粉色小舌头舔着蓬头安妮的脸颊。接着布茨盘起身睡在了安妮的身上，不一会儿就欢快地打起呼噜来。蓬头安妮看到之后暗自开心地笑了。

蓬头安妮知道小猫咪已经原谅她救了鼠妈妈的命，高高兴兴地睡着了，并且做了一夜甜蜜的梦，一直到天亮。

蓬头安妮的新姐妹

　　这天，玛赛拉正在育婴室里举办茶话会。听到爸爸在喊她，玛赛拉便让娃娃们围坐在小桌子周围，然后抱起蓬头安妮跑到楼下去。

　　妈妈、爸爸还有一个陌生人正在客厅里聊天，然后爸爸向陌生人介绍了玛赛拉。

　　这个陌生人身材高大，他的目光中透出友善，脸上带着像蓬头安妮一样灿烂的微笑。

　　他让玛赛拉坐在自己的腿上，一边跟爸爸

妈妈聊天，一边用手梳理她的一头卷发，所以，蓬头安妮自然一开始就很喜欢他。"我有两个女儿，"他告诉玛赛拉，"她们分别叫弗吉尼亚和多丽丝。有一次我们去海滨度假，她们到海滩上玩，把多丽丝的娃娃弗雷迪埋在了沙子下面，假装他像其他人一样用干净洁白的沙子把自己盖起来晒日光浴。之后，她们就拿起自己的小桶和小铲子跑到远处的沙滩上玩儿去了，把弗雷迪忘得一干二净。"

"等到我们该回家的时候，弗吉尼亚和多丽丝突然想起了弗雷迪，于是跑去找他，但是弗雷迪早已被涨上来的潮水吞没，消失得无影无踪。当时，弗吉尼亚和多丽丝非常伤心，在回家的路上还一直念叨着弗雷迪。"

"唉，她们真不该把弗雷迪给忘了。"玛赛拉说。

"是的，确实太糟糕了！"这位新朋友一边回答，一边拿过蓬头安妮，让她在玛赛拉的膝盖上跳起舞来，"但最后，弗雷迪平安无事地回来了，你猜他怎么了？"

"我猜不到，发生什么事儿了？"玛赛拉问道。

"事情是这样的，起初弗雷迪被埋在沙子里的时候，感觉非常惬意。后来，当潮水涌上来把他淹没的时候，他一点都不害怕，因为他觉得弗吉尼亚和多丽丝一定会回来找他的。

"但是没过一会儿，弗雷迪就感觉到自己周围的沙子在动，就像有人正要把他挖出来似的。没过一会儿，他的头就露了出来，他能透过干净的绿色海水看到天空。你猜发生了什么事儿？原来是潮汐仙子正在冲刷他身上的沙子！

"等他从沙子里被冲出来之后，潮汐仙子一路翻滚着，把弗雷迪推到了逆流仙子那里，逆流仙子托起弗雷迪，带着他游到了翻滚的海浪仙子旁边，海浪仙子把弗雷迪带到了海面上，抛给了浪花仙子，然后浪花仙子又带他找到了风仙子。"

"然后呢？"玛赛拉屏气凝神问道。

"然后风仙子把他带到了我们的花园里，弗吉尼亚和多丽丝就是在那儿发现他的，他经历了这么一番冒险，却一点儿也没受伤。"

"弗雷迪一定很享受这个冒险，您的女儿们能把他找回来一定非常开心吧！"玛赛拉说，

"有一天，蓬头安妮被绑在风筝的后面飞上天，她掉下来之后就找不到了，所以我现在得特别小心看着她呢！"

"你能让我把蓬头安妮带走几天吗？"新朋友问。

玛赛拉一下子陷入了沉默。她虽然很喜欢这位新朋友，但她不想失去蓬头安妮。

"我发誓一定会好好照顾她的，我一个星期之后就把她还给你。玛赛拉，你能让我把她带走吗？"

玛赛拉最终还是同意了他的请求。新朋友离开的时候，把蓬头安妮放在了自己的手提包里面。

"蓬头安妮不在真的是太无趣了！"其他的娃娃每天晚上都这么说。

"我们好想念她脸上画着的微笑，还有她那活泼可爱的样子！"他们说。

这一个星期过得太慢了……

但是，我的天！蓬头安妮回家的那天晚上，整个育婴室立刻就热闹起来。所有的娃娃都想给蓬头安妮一个拥抱。他们简直一刻都等不及了，都盼着玛赛拉早点走开。

玛赛拉一离开房间，娃娃们就一起扑上去拥抱蓬头安妮，把她挤得快变形了。一番亲热过后，蓬头安妮不得不把自己的纱线头发抚平整，掸一掸自己的围裙，摸摸自己的鞋纽扣眼睛，看看它们是不是还好端端地在自己的脸上，然后说，"好啦，你们最近过得怎么样啊？把所有新鲜事儿都告诉我吧！"

"哦，我们就像往常一样，举办茶话会，做游戏啦！"小锡兵说，"亲爱的蓬头安妮，跟我们说说你自己的事儿吧，我们都想死你了！"

"是啊！安妮，跟我们说说你都去哪儿了，都做些什么事儿了！"娃娃们大声说。

但是，这时候，蓬头安妮突然注意到一个硬币娃娃的手不见了。

"发生什么事儿了？"她把那个硬币娃娃捡起来问道。

"昨天晚上，我和小锡兵玩的时候从桌子上摔下来，掉在他身上，手断了。不过，你就先别管这种小事了，"硬币娃娃说，"跟我们说说你自己吧！你过得开心吗？"

"你的手要是修不好，我哪里还有心情说我的事！"蓬头安妮回答。

于是，印第安娃娃跑去拿来了一瓶胶水。"你的手呢？"蓬头安妮问。

"在我的口袋里。"硬币娃娃回答。

蓬头安妮把硬币娃娃的手粘在原来的位置上，然后用一根旧布条把它固定住，一直等到胶水变干，然后她说，"等我跟你们说了这次奇妙的冒险，我想你们一定会非常高兴的，因为我高兴得差点把自己的缝纫线都崩开了。"

娃娃们围绕着蓬头安妮坐在地板上，锡兵娃娃还用胳膊搂着安妮的肩膀。

"嗯，刚离开家的时候，"蓬头安妮说，"那个陌生朋友把我放在他的手提包里。那里可挤了，但我倒不太在意。事实上，我觉得自己一定是睡着了。等我醒来的时候，就看到陌生朋友把手伸进包里，将我从里面拎了出来，然后让我在他的膝盖上跳舞。'你们看这个娃娃怎么样？'他问坐在周围的三个人。

"我当时只顾着看窗外呢，根本没有注意到他们说了些什么。我发现自己在火车上，窗外的景色飞快地从我眼前掠过！后来我又被放回了包里。

"等我再次从包里被拿出来时，发现自己在一个巨大又干净明亮的房间里，房间里有着许多穿着白色围裙的女孩子。

"这个陌生人把我拿给另一个人看，然后又让那些女孩子都过来看我。他们脱下了我的衣服，然后把我的接线处剪开，把棉花掏了出来。你们猜怎么着！他们找到了我的糖果心脏，就像我猜的那样，心脏一点儿都没融化。她们把我放在了桌子上，用铅笔在干净的白布上照着我的样子画了一个模型，然后女孩儿们把我重新填充起来，又给我穿上了衣服。

"我在那个又大又干净的明亮房间里待了两三天，看着我的姐妹们从一块块布料，最后变成了跟我一模一样的旧布娃娃。"

"你的姐妹们！"娃娃们惊讶地大喊道，"蓬头安妮，你到底在说什么呀？"

"我的意思是，"蓬头安妮说，"那个陌生朋友从玛赛拉这里把我借走，就是想得到我的样式和尺寸。我离开那个又大又干净的明亮房间之前，那里已经有好几百个和我完全相同的旧布娃娃了，你们根本看不出我们之间有什么区别。"

"我们能从你脸上开心的微笑认出你来！"法国娃娃说。

"但是我的姐妹们脸上的微笑跟我的一模一样！"蓬头

安妮回答。

"也有一样的鞋纽扣眼睛吗？"娃娃们问道。

"是的，有一样的鞋纽扣眼睛！"蓬头安妮回答。

"蓬头安妮，我一看到你的衣服就能认出你，"法国娃娃说，"你的衣服已经有五十年了，我一眼就能认出你来！"

"但是我的新姐妹们，那些旧布娃娃的衣服跟我的一样。因为那个陌生朋友专门为她们制造了一些和我的衣服完全一样的布料。"

印第安娃娃使劲想了很久，说："就算你跟其他的旧布娃娃看起来没什么两样，我相信我们也能把你从她们当中分辨出来！"

"怎么认出来呢？"蓬头娃娃大笑道。

"摸摸你的糖果心脏啊！有糖果心脏的娃娃就是你啦，蓬头安妮！"

蓬头安妮笑着说："大家都像你这么爱我，我真是太开心了。除了我更破旧之外，我相信你们很

难看出我和她们的区
别，因为每一个旧布
娃娃都有一颗糖果心
脏，上面也写着'我
爱你'几个字，就像
我的一样。"

"那么，现在就有
成百上千个像你一样的旧布娃娃啦？"小小的硬币娃娃问。

"是啊，她们真是数也数不清呢，都叫蓬头安妮。"蓬头
安妮回答。

"那么，"硬币娃娃说，"我们真应该为你感到高兴、感
到自豪！因为，不管新的蓬头娃娃去哪，他们都会像你一
样，带去满满的爱和幸福。"